光文社文庫

長編時代推理

# 鬼火の町

松本清張プレミアム・ミステリー

松本清張



光　文　社

目次

# 鬼火の町

# 幽霊船

## 1

天保十一年五月六日の朝のことである。

隅田川の上に厚い霧が白く張っていた。浅草側の待乳山《まつちやま》も、向島側の三囲《みめぐり》神社も白い壁の中に塗り潰《つぶ》されたようである。

「えええ霧だ。一寸先も見えねえとは、このことだ」

と、独り言を呟《つぶや》いた小舟の船頭がある。夜が明けたばかりで、六ツ（午前六時）を少し回っていた。

舟は千住《せんじゅ》のほうから来たのだが、折から上げ潮にさしかかっているので、水の流れも湖水のように動かない。うっかりすると、方角を間違えて、どこかの岸にぶつつかりそうだった。

現在なら汽笛でも鳴らすところだが、当時のことで、鼻唄でも唄うほかはなかった。船頭が警戒したのは、不意に、その厚い霧の中からほかの舟が正面に現れることだった。もっとも、朝が早いのでほかの舟も少ないに違いないが、しかし、一艘でも衝突の危険は同じだった。

どのくらい漕《こ》いで行ったか分らぬ。両岸の目標が乳色の中に塗りこめられているので皆目《かいもく》見当がつかなかった。

と、船頭は、前方に何かを見つけ、あわてて櫓《ろ》を大きく動かした。舟はぐっと斜めに逸《そ》れた。

云《い》わないことではない。不意に三、四尺前方の水の上に、黒い舟が眼に入ったのだ。

「やい、危ねえじゃねえか。こういうときはドラ声でもいいから、唄でもうたっていろ」

と、彼は前方に怒鳴った。

すんでのことにぶっつかるところを危うく躱《かわ》した船頭は、相手の舟の横をすっと擦《こす》るように通った。

「おや？」

と、ひとりでに声が出たのは、その舟に人が乗っていないのを見たからである。霧から現れた舟は、やはり霧の中に亡霊のように漂っている。

船頭が櫓をとめたのは、不注意からその舟の者がその辺に落ちていないかと考えたからだった。だが、彼の視界にある限り、黒い頭も浮いていないし、霧の中で泳ぐ音もしていない。

船頭は、自分の舟を相手の舟に接近させた。それは猪牙《ちょき》といわれる小舟で、船宿が釣客のために出すものだ。

中をのぞくと、座蒲団一枚と、莨盆《たばこぼん》、火鉢とがちゃんと載っている。

それだけではない、釣の道具も残っている。舷《ふなばた》から水に下げた魚籠《びく》には、五、六匹の魚も泳いでいた。櫓は漕ぎ手を失ったまま、ぶらぶらと水に嬲《なぶ》られている。

要するに、たった今、船頭も客もどこかに上がったあとというところである。

しかし、それにしては両方の岸は遠い。霧に遮られているが、距離の見当ぐらいはつく。

「面妖なことがあるものだ」

と、船頭がなおものぞくと、座蒲団には、酢漿草《かたばみ》の紋が海老茶の地に白く染め抜いてある。その端には、「つたや」の染め抜き文字も読めた。

また、火鉢の傍の茶瓶にも、湯呑にも同様のしるしが付いている。

「不用心なことだ」

と、船頭はまた呟いた。このときは、そうとしか考えられなかったのである。彼は、その人の居ない舟から離れると、自分の舟の舳先《へさき》をぐいと右に寄せた。

このころから、少しずつ霧が霽《は》れていった。そのうすらぐ白い膜の中から、柳橋一帯の家並みが墨絵になって見えた。両国橋もぼんやりと浮んでくる。

船頭は、その家並みのほぼ真ン中あたりの見当に舟を寄せた。この辺は船宿が多い。それぞれ桟橋が水に突き出て、屋根舟や猪牙が、無数につないであった。

「おおい、つたや」

と、船頭は、そこから陸《おか》にむかって呼んだ。

「おめえとこの舟が、船頭も居ねえで流れてるぜ」

すぐには応《こた》えがない。

この界隈は、茶屋、小料理屋、船宿といった、水商売の家がかたまっている。いずれも夜が遅く、朝も遅い。六ツ半だと、まだ彼らの世界では真夜中である。

しかし、この船頭は親切だった。いや、ただ親切というだけでなく、いま霧の中で見た小舟がいかにも不思議でならなかったので、そのまま見過してゆく気になれなかったのである。

「おおい、つたや」

船頭は呼んだ。もともと、大川で鍛えた声である。朝のことではあるし、よく透《とお》った。

果して、しばらくすると、雨戸を繰る音が、その一軒から聞えた。

「何ンだ、何ンだ？」

と、向うで応えた。これが「つたや」だったのだ。

「おおい、おめえとこの猪牙が、人も居ねえで上《かみ》のほうに漂ってるぜ」

先方では、どこだ、どこだ、と訊き返した。

「それは、つい、上手のほうだ。霧が深えからよく分らねえが、おいらの見当じゃ水戸さまのお米倉の前《めえ》あたりだと思う。どうしたえ、人が居ねえのは妙じゃねえか？」

これには答はなく、ただ、

「ありがとうよ」

という礼が返ってきただけだった。

「ちぇっ、仕方のねえやつだ」

と、船頭はぶつぶつ云ったが、とにかく、漂流している舟を所有者に知らせただけで満足したらしい。そのまま舟を川下へ流して行った。

「もし、おかみさんえ」

と、その船宿「つたや」の二階の梯子段《はしごだん》から、若い者が呼んだ。

「おかみさんえ、もし」

「つたや」のおかみは、おろくという女だったが、二十七、八の年増《としま》である。箱枕から擡《もた》げた顔に青い眉をひそめて、

「何ンだえ？」

と、梯子段口の男に訊き返した。

「お早うございます」

と、若い者は襖越《ふすまご》しに、

「いま、妙な届けがありましたぜ。なんでも、うちの舟が水戸さまの米倉の前あたりで、誰も乗ってねえで水に浮いてるそうです」

と告げた。

「おや、そいじゃ、仙さんの舟だねえ」

おろくはすぐに云った。

「へえ、わっちもそう思っています。昨夜出た夜釣りの猪牙といやア、仙の舟しかありません」

と、若い者も応える。

「人が乗ってないというのは本当かえ？」

「通りがかりの舟は、そう云っておりやしたぜ」

「すぐに支度をして見に行っておくれ」

「合点です」

二階の下から、舟が出て行く水音がした。おかみは手早く着更《きか》えて障子をあけ、川面《かわも》を眺めている。まだ残っている霧の川面に、勘蔵の漕いで行く舟が一点眺められた。あとは芝居の書割のような、静かで動きのない両国橋辺の風景なのである。

それから小半刻（三十分）の間が騒動だった。

勘蔵の曳いてきた猪牙には、さっきの船頭の報《し》らせ通り、仙造ばかりでなく、客の姿もない。これは川に落ちたとしか考えられなかった。

だが、それにしても、舟の中の火鉢にも埋《うず》み火が残っているし、茶瓶、湯呑、座蒲団は、そのままになっている。

船宿のおかみのおろくも不安そうに首をかしげた。

「昨夜の客は、たしか、和泉《いずみ》屋さんとこの惣《そう》さんだったねえ？」

「へえ、左様で。今夜は久しぶりに休みだから夜釣りをするといって、顔馴染みの仙造を伴《つ》れて出て行きましたがね。あっしはてっきり、大川端か、浦安あたりまでのして行ったと思い、昨夜帰らなかったのも気に留めませんでしたがね」

古くからいる船頭の弥兵衛は云った。

和泉屋というのは、主人は八右衛門といい、江戸で聞えた屋根師《やねし》だった。いつも大きな仕事を請負って、大名の下屋敷や、大身の旗本屋敷などに出入りをしている。昨夜の客は、その和泉屋の職人で惣六という若い者だった。腕は立つほうである。

惣六は釣りが好きで、休みの日にはよく舟を出させる。船宿「つたや」の馴染み客であった。

惣六は、川釣りもやるが、ときには沖釣りもする。昨夜も気心の知れた船頭の仙造の舟で出たのだが、明けがたまで帰らなかったのは、夜通し釣りをすることもあるからで、船宿でも心配していなかった。

「妙ですね。それが、つい、向島に近《ちけ》えところで舟を止めていたというのは、どういう次第でしょうね？」

と、船頭たちも不思議がっていた。

とにかく、当人二人が共に姿がないので、まず、それから詮議しなければならない。

「喧嘩でもしたのかねえ？」

と、おかみのおろくは云った。

「それにしちゃ舟の中がきれいすぎますよ。ちゃんと道具も揃《そろ》えて残っていましたからね。喧嘩なら、その跡が舟になくちゃならねえ」

そう云う船頭もいた。

「よしんば喧嘩がはじまったとしても、今ごろまで行方が知れねえというのは理屈に合わねえ。客の惣六さんはともかく、仙の野郎は泳ぎが達者ですからね」

「みんな、川のほうを調べておくれ」

と、おかみは船頭たちに云いつけた。霧もすっかり霽れて、明るい陽《ひ》が景色に充ちていた。

2

その日の午《ひる》すぎのことである。

駒形に住んで、この辺を縄張りとしている御用聞きで藤兵衛というのがいた。その藤兵衛のもとに、百本杭にいま男の死体が二つ流れ着いた、という報告が手下の幸太からもたらされた。

「見つけたのは、橋番ですが、いま、死骸を陸《おか》に引揚げたところです。早速、船宿のつたやに報らせる者があって、つたやからも人が来ていますよ」

と、幸太は上がりかまちに尻をかけて云った。

「おめえの話は、いつも中が飛んでいる。その死骸と船宿のつたやとは、どういう因縁があるんだえ?」

藤兵衛は、長火鉢に煙管《きせる》の雁首《がんくび》を叩いた。

「急いでいるので云い忘れましたが、その死骸の一つがつたやの船頭の仙造という野郎だそうです。客のほうは、屋根師和泉屋八右衛門の職人で惣六という者です」

「その船頭と惣六とが土左衛門となって百本杭にひっかかったというんだな?」

「そういうわけで。だが、まだ土左衛門というほど古い死骸じゃございません。とにかく、親分、行って見て下さい」

「八丁堀の旦那がたは、もう見えているか?」

「いいえ、まだです」

「旦那がたに先を越されちゃ面目ねえ。よし、すぐ行く。おい、お条《くめ》、羽織を出してくれ」

藤兵衛が両国橋を渡って本所側の百本杭に着いてみると、蓆《むしろ》を二つ被《かぶ》せた死骸を中心にヤジ馬がたかっている。それを両国橋の東詰橋番が追散らしていた。

藤兵衛は、その一つ一つの蓆をめくった。彼は死骸の着物を脱がせ、丁寧に身体を調べた。船頭の仙造も、客の惣六も脾腹《ひばら》のあたりに青い痣《あざ》が出来ているのが藤兵衛の眼に止まった。

「藤兵衛、早いな」

うしろから声がかかった。

振向くと、八丁堀の同心、川島正三郎が立っていた。横には小者が二人ついていた。

「これは、川島の旦那、ご苦労さまでございます」

藤兵衛はお辞儀をした。

「どうだ、船頭が客といっしょに水に溺《おぼ》れたんじゃしようがねえな。こいつは客も浮ばれめえ。いや、洒落《しゃれ》じゃねえぞ」

同心の川島は笑いながら云った。

「へえ……どうも、普通に水に落ちたとは思われません。双方とも脾腹に当身《あてみ》を喰《くら》っております」

「なんだ、喧嘩か」

「喧嘩にしては、双方とも当身を受けているのが分りません。それも、どうやら、柔《やわら》の術を心得ている人間のようで」

「柔か」

川島正三郎はしばらく考えていたが、

「まあ、いい。あとのことはおめえに任せる。頼むぜ」

と、面倒臭くなったように云った。

「へえ、かしこまりました」

「委細が分ったら、おれのところに報らせて来てくれ」

と、川島はすぐに現場から立去った。

「おい、この仏の身内の者は来てるかえ?」

と、藤兵衛は橋番に云った。

「へえ、いま、番屋に参っております」

「じゃ、会わせてくれ」

藤兵衛は、死骸の上に蓆を被せると、橋番の汲んできた水で手を洗った。

橋番の小屋には、年増の女と、三十ばかりの職人風の男とが待っていた。二人とも、入ってきた藤兵衛を見て挨拶した。

「おめえがつたやのおかみさんかね？」

と、藤兵衛は、眼に涙を溜めている女に云った。

「はい、わたくしがつたやをやっているおろくでございます」

藤兵衛は次に職人に眼を移した。

「わたしは和泉屋八右衛門の職人で勘兵衛と申します」

と、彼も頭を下げた。

「おめえさんが和泉屋さんとこの職人頭《がしら》かえ？」

「へえ、そういうわけでございます」

「まず、おめえさんのほうから先に……あそこに仏がならんでいるが、一人は、たしかにおめえとこの惣六さんだな？」

「へえ、さっき顔を見せてもらいましたが、間違いございません。変り果てた姿になったもので」

「惣六さんは、いつ、和泉屋さんを出て行ったのかえ？」

「昨日は大きな仕事がひと息ついたので、親方が二日ばかりみなを休ませたのでございます。惣六は日ごろから釣りが好きで、今夜は遅くまで夜釣りをするのだと云って、家を六ツ前に出かけました」

「そのとき、おかしな様子はなかったかえ?」

「いいえ、ちっとも。久しぶりの休みで愉《たの》しそうに出て行きました」

「惣六さんは人から恨まれているようなことはないかえ?」

「いいえ、そういうことは聞きません。職人仲間とも仲がよろしゅうございます」

「おめえ、体裁つくって云うのは、よくねえぜ。こういうことになった上は、何もかも正直に云うのだ」

「いいえ、本当でございます。別に隠し立てはいたしません」

「それから、惣六さんはおめえのところに舟を頼みに来たのだな?」

と、藤兵衛は船宿のおかみのほうにまた眼を移した。

「左様でございます。お見えになったのが暮六ツごろで、いつも馴染みの仙造という船頭の舟で出て行かれました」

「いつも惣六さんは仙造を雇っていたのかえ?」

「はい。前から気が合うといいますか、いつもの仲で仙造の舟に乗っておられました」

「その仙造だが、同じようなことを訊くけど、人から恨まれるとか、誰かとひどく仲違いをしているとか、そういうことはねえか？」

「仙造は気のいい男で、そのようなことは全くございません」

「うむ。こりゃア両方に訊くのだが、仙造も、惣六さんも、知り合いに武家の人はいなかったかえ？」

「さあ」

と、これは両人で首を傾《かし》げたが、

「商売の上では、ときどきお武家さまも舟にお乗せしますが、特別に昵懇《じっこん》にしてる方はございません」

と、まず、おろくのほうが答えた。

「惣六さんはどうだえ？」

「惣六も同じことでございます。てまえどもは屋根師でございますから、それは、大きなお大名屋敷やお城にも普請に参ります。けど、職人がじかにお武家に口を利《き》くというようなことはございません」

「惣六さんが休みを取る前は、どこの仕事をしていたかえ？」

勘兵衛は、少しもじもじしていたが、

「はい、それはお城の屋根の葺《ふ》き替えでございます」

「そうか。なるほど、和泉屋さんは大きい。将軍さまのお住居近くへ出入りしていたのか。よし、それで分った。ところで、今度のことだが、人間、ふだんは仲がよくても、いつもそうだとは限らねえ。舟の中で二人が喧嘩をはじめ、いっしょに川に落ちたということは考えられねえかえ?」

「いいえ、そんなことはございません。仙造は船頭仲間でも名うての泳ぎ達者で、もし、喧嘩をはじめても、きっと泳いで帰る男でございます。いえ、これは万が一の場合でございますが、あのおとなしい仙造がお客さまと喧嘩をはじめるなどとは毛頭考えられません」

「そうか。おれがいま見た死骸の様子じゃ、川に落ちたのは昨夜も案外早い時だ。つたやさんでは、夜っぴて帰らねえ舟を心配しなかったのかえ?」

「夜釣りだということで、夜明けには帰ってくると思ってました」

「仙造の身持ちはどうだえ?」

「これは、もう、ただ真面目一方の男で……」

「じゃ、惣六さんのほうはどうだえ?」

と、藤兵衛は勘兵衛にも訊いた。

「これもおとなしい男で、悪いことをするような人間ではございませぬ」

「そう両方とも真面目な男じゃ埒《らち》があかねえな」

と、藤兵衛は軽く笑った。

「よし、今日のところは、そのくらいだ。すぐに仏を引取って、手厚く葬ってやんな」

「どうもありがとうございます」

と、二人とも頭を下げて小屋を出て行った。

橋番のおやじが、それを待っていたように、

「もし、親分、いま横で聞いておりましたが、船頭の仙造はともかく、惣六はちょいとした遊び人でございますよ」

と、ささやいた。

「なに、遊び人だと。今の和泉屋の職人頭の話では、おとなしい男ということだったが、そうでもねえのか？」

「へえ、おとなしいにはおとなしいんですが、惣六は、親分も仏になった顔をご覧になったように、ちょいとした色男でございます」

「人間、土左衛門になってしまえば、色男も何もねえが、そういえば、生きていたころはそうかもしれねえな」

3

藤兵衛は橋番のおやじに訊いた。

「それで、惣六は色男というが、さぞかし好きな女がいたのだろうな?」

「へえ、あれだけ容子《ようす》がよくては女のほうで放っておきません。惣六と一ばん心安かったのは、向両国《むこうりょうごく》の水茶屋のお絹という女です」

「ああ、そうか。で、二人はいつごろから出来合っていたのかえ?」

「詳しいことは分りませんが、もう、半年くらい前からの仲のようです」

「そんな色男じゃ、定めしお絹一人じゃあるめえ。ほかにもいたかえ?」

「やっぱり向両国の矢場の女でお京というのがおります。これも前から惣六には気があるようで」

「水茶屋の女に矢場の女とは、取合せが出来すぎている。そのほかにもいるかえ?」

「いま、掛小屋で娘義太夫の真打に出ているお春もそうです」

「やれやれ、惣領の甚六はぼんやりした男と相場がきまっているが、惣六は女に抜け目がねえようだな。おやじさん、おめえ、すまねえが、ひと走りして、その水茶屋のお絹という女をここに呼んで来てくれ」

「お絹は、さっき惣六の死骸にとり縋《すが》って泣いておりました。親分がお見えになる前ですが、あんまり人が大勢集ったので、さすがに体裁悪くなって逃げたようです」

「なんでもいい。ちょいと会いてえ。おめえの留守は心配するな。蠟燭《ろうそく》や草鞋《わらじ》の店番ぐれえはおれにだって出来るぜ」

「恐れ入りました。それなら、親分、ひと走り行って参ります」

と、橋番は駈けだした。番小屋では蠟燭、紐縄、草鞋などを売って、番人の内職になっている。

ほどなく、橋番のおやじは若い女を連れて戻ってきた。女は眼を泣き腫《は》らして、瞼《まぶた》を真赤にしていた。

「お絹さん、ここに居なさる方は、駒形の藤兵衛さんといってお上の御用を聞きなさる親分だ。おめえに死んだ惣六さんのことを訊きてえとおっしゃる。包み隠さず云わねえと、あとでおめえが難儀するぜ」

「おいおい、おやじ、おめえ、初《しょ》っぱなからそうおどかしちゃいけねえ。……お絹さんというそうだな？」

「はい」

と、若い女は前垂れの裾で顔を蔽《おお》った。

「おれが訊くからといって、なにも羞《はずか》しがることはねえ。惣六がどうして死んだのか、それを突き止めてやるのがおれの役だ。おめえ、そう小娘のようにしくしく泣かねえで、親切なおじさんに出遇ったつもりで何もかも打明けてくれ」

「はい」

「おめえ、惣六とはいい仲だったそうだが、近ごろ、二人の間に何か悶着《もんちゃく》ごとは起らなかったかえ？」

「いいえ……惣六さんは親切で、一年のちには夫婦《めおと》になる約束でおりました。今まで口喧嘩をしたことはありますが……」

「痴話喧嘩か」

「今となっては、惣六さんの気に逆らったのを後悔しております」

「惣六はおめえに、何かほかのことで困っているような話をしなかったかえ？」

「いいえ」

「おめえは器量よしのようだが、惣六のほかにも、さぞかしおめえに云い寄ってくる男も多いだろうな？」

「……」

「いや、惣六が死んだからといって、おれは何も妙なことを訊いてるわけじゃねえ。おれの知りてえのは、惣六とおめえを張合っている男がほかにいたかということだ。さあ、本当のことを隠さずに云ってくれ」

「はい……それは、わたくしもこういう商売でございますから、お客さまがたにはお愛想は申します」

「その愛想を真《ま》に受けてやってくる男客も多いわけだな？」

「……」

「その中で、一番おめえに執心してるのは誰だえ？」

「誰ということはございませんけれど……」

お絹は返事をためらっていた。一つは客商売の身であることと、一つはやはり羞恥からのようだった。

「よしよし、いま云えねえなら、いずれあとでおめえがその気になったときに聞くことにしよう。今日は、これで帰っていいぜ」

「親分さん」

と、そのときになってお絹は云った。

「惣六さんは、本当に舟から過って水に落ち、溺れ死んだのでしょうか？」

「どうして、そんなことを訊く？」

「いえ、惣六さんは泳ぎが出来る人です。聞けば、いっしょに死んだ船頭さんも溺れたとのこと。どうもわたくしには合点が参りません」

「そうか、惣六も泳ぎが出来たのか」

と、藤兵衛は少し考えた。

その日の夕方、藤兵衛の家に幸太が報告を持ってきた。

「親分、向両国のお絹の云うことは嘘じゃありません。惣六とは一年前から出来合っています。お絹という女は、色白の、ちょいとふめる顔立ちですから、今までだいぶん云い寄ってくる客がいたようです。水茶屋の女は、それが道具で客寄せをするのですが、近ごろは惣六との仲がだいぶん知れ渡って、前ほどは口説く客もないそうです」

「すると、惣六とお絹を張合っている特別な客もねえわけだな？」

藤兵衛は煙管をくわえて云った。

「今のところ、そういうのはねえようです。見込みがねえと思って、みんな退散したのでしょう」

「お絹はどこに居る？」

「水茶屋からあんまり遠くねえ裏長屋に、おふくろと二人暮しで居ます」

「惣六は、ほかに矢場のお京とか、娘義太夫のお春とも仲がよかったそうだが、そっちのほうのかかり合いはどうだえ？」

「矢場のお京とは何でもねえようですが、娘義太夫のお春とは二、三度ぐらいわけがあったんじゃねえでしょうか。そこのところはよく分りませんが、お春のほうが一生懸命に惣六を追いかけていたといいます」

「そこでお絹と鉢合せになったのだな」

「お絹がお春に妬《や》いていたことはたしかです。けど、角突き合わせて両方で罵《ののし》り合ったということはまだねえようです」

「惣六も色男だけに、その辺はうまく立回っているのだな」

「うまく立回っているといえば、このところひと月余り、惣六は、お絹のほうにも、お春のほうにも寄りつかなかったそうです。それで、どっちも惣六が片方の女のところに行っているのじゃねえかと悋気《りんき》を起していたようです」

「それじゃ、ほかにも女が出来たのかもしれねえな。仕事が済んで、夜なんざ、よく遊びに出かけていたのかえ？」

「和泉屋で聞くと、それほど夜遊びはしてねえそうです。ただ、月に二回ほど休みがありますが、惣六は、先月など、自分で何か用事をこしらえ、そのほかにも一日休みを取ったそうです」

「その三日の休みはどこに行っていたのだ？」

「そいつがよく分りません。お絹のところでもねえし、お春のところでもねえ。またお京のところでもなかったといいますからね。ひょいとすると、新しい女が出来たのかもしれませんね」

「よし、今のところは、そのくらいでよかろう。で、一方の船頭の仙造のほうはどうだ？」

「仙造は醜男《ぶおとこ》で、まるっきり惣六とは反対で女ッ気がありません。船宿の船頭仲間の評判はいいようです」

「幸太、おめえ、今度のことをどう思う？　惣六は、日が暮れてから夜釣りの舟を大川に出させた。当夜は霧がかかっていた。その霧に呑まれたように、二人とも舟から水の中にもぐって、死体となって百本杭に流れついた。一方は女に大もてだが、一方は女に縁のねえ男だ。それから、二人とも脾腹に当身を喰っている。さあ、これだけ絵をならべたのだ。この判じものを解いてみろ」

「さあ、分りませんが、一番あとの当身というのがおかしゅうござんすね」

「おめえ、もう一度、お絹とお春を調べてみろ、その女のぐるりに贔屓《ひいき》の侍はいなかったかどうかだ」

「お絹のほうはだいぶん調べましたが、お春のほうは、もう少し探らなきゃなりますめえ」

「娘義太夫といえば、当節大流行《おおはやり》だ。節回しを聞くのは二の次で、簪《かんざし》を頭に飾って裃《かみしも》をつけた、白い顔を見に行くのが狙いだ。その中には、町人だけじゃねえ、武家もだいぶん小屋に来ているそうだ」

「おおきにそうです。それに近ごろは、旗本のどら息子や、御家人の放蕩者も多うございますからね」

「今からそいつを調べて、明日《あす》の朝にでも報らせてくれ」

「親分はどうします？」

「おれか、おれは今から八丁堀の川島の旦那のところに顔を出してくる。旦那も侍っておられるにちげえねえからな」

幸太が出てから、藤兵衛は女房にまた羽織を出させた。

同心の川島は家にいた。

「どうだ、あれは船頭と客の喧嘩かえ？」

と、川島は楊子《ようじ》をくわえて藤兵衛に訊いた。

「喧嘩には違いないようですが、両人の喧嘩ではありません。どうやら、柔の術を心得た者が、あの二人を襲って当身を喰わせ、川に投げこんだというところでございましょう。二人とも泳ぎが出来ましたが、気絶したため、そのままお陀仏になったようでございます」

「すると、ほかの舟に乗っていた者が押しかけてきて二人を殺したというわけか？」

「今のところ、その見当でございます。それで、昨夜、あの辺を通っていた舟を捜すのが手はじめの仕事となりそうです。そこで、その舟はどこから出たか、そいつを調べなきゃなりませんが、柳橋一帯の船宿だけじゃ心もとのうございます。それで、旦那にお願いにあがったのですが、大川筋の船宿を総ざらいに調べていただくようお手配願いとう存じます」

「よしよし、わしがほかの係の者に頼んで、そうしてもらおう。おめえも自分の持場を抜かりなく洗ってくれ」

「かしこまりました。それから、もう一つお願いがございます」

「何だ？」

「下手人が二人の舟に飛び乗って、あんなふうに手際よく当身を喰わせ、川に抛《ほう》りこんだのですから、ひょいとすると、何か落しものぐらいしてるかもしれません。けど、舟の中には何も残っておりませんので、その舟の止まっていたあたりの水の下を誰かに捜させとうございます」

「水の底にもぐるわけか？」

「へえ」

「面白いだろう。やってみてくれ。だが、おめえの子分に、そんな器用な奴がいるかえ？」

「子分にはいませんから、浦安辺の漁師を雇ってもぐらせてみるつもりです」

ふたりの打合せはできた。

# 煙管の追及

## 1

岡っ引の藤兵衛が八丁堀の同心川島正三郎に話した川もぐりは、川島の承諾で早速翌日の四ツ時（午前十時）から行われた。これには浦安の、もぐりの上手な漁師が二人ほど雇われてきた。

屋根師和泉屋の職人惣六が、船宿「つたや」の船頭仙造と夜釣りに行った晩、川にはまり、百本杭に死体となって流れ着いた。二人とも溺死だが、脾腹に当身を喰った青痣がついている。もちろん、二人が喧嘩をはじめて取っ組み合いとなり、ともに船べりから転落したのでないことは誰の目にも明らかである。藤兵衛は、そのことから、霧の朝、舟の漂っていたあたりの水の下を、一応調べてみようと思い立ったのだった。

同じく「つたや」から頼んだ舟が二艘、仙造の舟の止まっていたあたりに着いた。一艘には藤兵衛と子分の幸太とが乗っている。もう一艘には水にもぐる漁師が二人、すでに裸になっていた。

「おい、若え衆、川底には何が落ちてるか分らねえ。これと思うものは、下駄のはしくれでも何《わけ》でもいい、みんな拾って持ってきてくれ」

藤兵衛は頼んだ。浦安の漁師は大きく息を吸うと、つづいて水しぶきを立てた。その白い泡が静まると、あとは青い水の色だけだった。

「親分、やっぱり達者なものですね」

幸太が感心して潜水ぶりを見ていた。

「うむ」

藤兵衛も水面に眼を吸いつけていたが、若い漁師は容易に上に浮んでこなかった。ときどき水面に小さな泡が浮んでくるので、もぐった者の位置は分った。しかし、群れをつくって泳ぐ白魚が見えても、人間の姿は水の下に消えていた。

そのうち、泡が湧いて、ぽっかりと人間の頭が浮んだ。最初の漁師は、船ばたの藤兵衛を見上げて首を振った。あとからつづいた漁師も、何も見つからないと云った。

二人は、しばらく息を吸うと、また水の底にもぐった。こういうことが何回となく繰返された。

「親分、どうもめぼしいものがないようですね」

「うむ。もぐる場所をもう少し上《かみ》の方へ移してみよう」

捜索は川上に少しずつ移動しながら行われたが、結果ははかばかしくなかった。だが半刻（一時間）ほど経って陽が高く昇ったころ、もぐった一人が口に何やら光るものをくわえて浮いてきた。

「おや？」

二人は思わずその口もとを見つめた。

「親分、どうやら煙管《きせる》のようですね」

幸太が云ったように、漁師が口から手に移して差出したのは銀造りの煙管だった。

「親分、こいつは豪儀だ。女持ちのようですが、細工といい、なかなかのこしらえですね」

幸太が、眺めている藤兵衛の手もとを横からのぞいて云った。

それは、いかにも女持ちのように華奢《きゃしゃ》だった。総体が銀造りだったせいで、川の下に落ちたまま流れなかったのであろう。藤兵衛の掌に載せても重みがこたえるのだ。雁首のほうには鴛鴦《おしどり》が泳ぎ、葦《あし》の浮いた流紋が吸口に向ってすっきりとひろがっている。鴛鴦の羽には金の象嵌《ぞうがん》が施され、吸口の蛇の目籠にも細く金の象嵌が走っている素晴らしい彫りだった。

「こりゃ豪儀なものですね。とても屋根屋の職人が持ってるようなものじゃありませんね」

　幸太が惚れ惚れして見ている。

「おめえの云うとおりだ。いっしょに溺れ死んだ屋根屋の職人や船頭風情《ふぜい》の持ちものじゃねえ」

　藤兵衛は懐紙を出して水を切り、それを布に包んでふところに仕舞った。

「親分、もしかすると、別な人間がここに落していったんじゃありますまいね？」

「おれも一応はそう考えてみたが、場所といい、まだ銹《さび》の来ていねえところといい、やっぱり、あの二人にかかわりのあるものだろうな」

　藤兵衛は、舟にあがったもぐりの漁師二人に銭を払って、

「どうもご苦労だったな。だが、おめえたちはこのことを誰にも云うんじゃねえぜ。御用の筋をむやみに人にしゃべると、どんな災難がかかるかしれねえからな」

　とおどかし半分に口止めした。

藤兵衛は、乗っていた船宿の船頭に云いつけて「つたや」に戻った。

「親分さん、お帰んなさいまし」

おかみのおろくが桟橋まで出迎える。

「おかみさん、ちょいと二階まで来てくんねえ」

おかみを呼び上げた藤兵衛は、何もありませんが、と銚子を運んでくるのを断って、ふところから捲きつけた布を取出した。それをくるくると解いて、

「おめえに念のために訊くが、仙造がこういうものを持っていたのを見たことがあるかえ？」

と、煙管を差出した。

おろくがそれを手に取って見て、

「こんな大層なものを仙造が持つわけがありません。わたくしはいま見るのが初めてでございます」

と、即座に云い切った。

「おおかた、そうだろうとは思ったよ。ところで、おかみ、おめえのところにくる客の中で、こういう煙管を持っていそうな者はないだろうな？　見る通り、こいつは女ものだ。しかも、ちょっとやそっとの女が持つようなものじゃねえ。煙管のこ

とは詳しくねえが、こいつはわざわざ細工師に頼んだ誂《あつら》えものだ。おれは、大身の旗本の奥方か、金持の内儀かが造らせたと思っているが、おめえのところに、そういう客はこないかえ？」

「いいえ、そういう大層なお方はお見えになりません」

「というと、あとは、この辺の芸者衆だが、金持の旦那が可愛い女に造ってやったということはねえだろうな？」

「ほんに、そうおっしゃれば、そう見えないこともないと思います。けれど、今のところ心当りはございません」

「そうか。また何かあったら訊きにくるから、そのときは正直に云ってくれ」

藤兵衛は女将《おかみ》にも口止めをして起ち上がった。

彼は、家に帰って煙管を取出し、もう一度入念に、その彫りの具合を調べた。とにかく別誂えの品には相違ない。手の混んだ細工といい、上等な銀を使っていることといい、また、華奢なかたちの具合といい、決して尋常の品物ではなかった。

藤兵衛は、それを畳の上に置いて思案した。彼の脳裏には、この煙管を中心に、屋根屋の職人と船宿の船頭とが舟上で相争う図が浮んだ。職人の惣六が持っていたとすると、彼はこれをどうして手に入れたのであろうか。とにかく、夜釣りの合間に、惣六がこれに莨《たばこ》を詰めて吸う。それを船頭の仙造が羨《うらやま》しそうに見る。あるいは、惣六のほうで自慢そうに見せたのかもしれない。

仙造にむらむらと出来心が起って、彼はそれを自分のものにしようとする。あたりには舟の影もない。夜のことだし、水の上でもある。東の真向いは水戸の土蔵屋敷、西側は蔵前あたりになる。どちらも米倉がならび、人通りはない。——

こう考えてきたが、どうもそれでは合点がいかない。船宿で聞いてみると、船頭の仙造は、酒は呑むが至極真面目な男で、評判もいい。そんな男が他人の品物に手をかけるとは思えない。

これにはまず煙管の出所を追及するのが手がかりだと、結局そこに落ちついた藤兵衛は、その品をふところに入れ、また八丁堀の同心川島を訪ねて行った。

「おめえのカンが当ったな」

と、川島は笑った。

「こんな凄いやつが水底に沈んでいたとは、おめえも大した眼力だ。これからは宝捜しにもおめえを頼もうか」

川島は、そんな冗談を云ったが、この同心はときどき駄洒落を飛ばしたりなどして、仕事のほうにはむら気があった。本気で事件を追うかと思うと、さっぱり気乗りがしないでいいかげんに済ませるところもある。それが藤兵衛にはどうも気に入らなかった。しかし、岡っ引にはそれぞれ自然とついている同心が決まっているので、藤兵衛もいやな顔はできなかった。

「旦那、この煙管がどこから屋根屋の職人に入ったか、それを調べてみようと思います」

藤兵衛は云った。

「うむ、それがいい。何かえ、惣六にはいろいろと女がいたそうだが、そういう連中から惣六が召し上げた品じゃねえだろうな？」

「へえ、今のところ惣六と仲よくしているのは、水茶屋の女中お絹と、矢場の女お京と、それから娘義太夫お春とでございます。三人とも、こういう品を持つような身分じゃございません」

「うむ、そんなに女にもてる果報者なら、もう少しほじくってみろ。案外、もっと大物の女子《おなご》が出てくるかもしれねえぜ。ま、よろしく頼む」

藤兵衛が家に戻ると、そこに別の子分の亀吉が待っていた。

「おう、泥亀か。ちっとは何か判ったかえ？」

亀吉はいつも垢抜けしない顔をしているので、仲間では泥亀と渾名《あだな》していた。

「へえ、ひとわたり惣六にかかわりのある女たちのところをのぞいて来ましたがね」

と、亀吉は報告した。

「水茶屋のお絹は、惣六に死なれて、もう働く気もなくなって、家で蒲団をかぶって寝たままです。頭に手拭で鉢巻きなどして、とんだ女助六てえところです」

「それじゃ、矢場のお京はどうしている？」

「お京は案外あっさりとしています。少々浮気な女のようですから、なに、惣六が死んでも、すぐ代りを見つけるにちげえありません」

「おしまいの娘義太夫はどういう様子だ？」

「娘義太夫のお春は、惣六の死体が見つかったゆうべ、一晩休んだだけで、今日は小屋に出て、相変らず見台に向って吠えています。もっとも、人気者のお春に休まれては客が減ってあがったりですから、勧進元も無理につとめさせているのかもしれませんがね」

藤兵衛は泥亀に訊いた。

「その娘義太夫には、いい贔屓《ひいき》の筋はついてないかえ？」

「そうですね、器量はよし、年も若えし、節回しはともかくとして、声も悪くねえので、お春の小春太夫は人気上々のようです。それで、相当な客筋がついているということですが、まだ、どんな野郎があの女に特別に肩入れしているのか、そこまでは調べていません」

亀吉は答えた。

「おめえ、これからそっちのほうをさぐってくれ。金持がいたら、できるだけそいつの身元もさぐるのだ」

「へえ、承知しました」

2

藤兵衛は亀吉を帰すと、自分も煙管を布に包んで家を出た。

当時、こういうものは、池之端仲町の「越川」という袋物屋が有名だった。

藤兵衛は、煙管の詮議には、まず煙管入れを商う店から手をつけたほうが早道だと思った。彼は、もう夏の陽射しになっている往来を少し汗ばみながら歩いた。

越川は、上野不忍池が家なみの間に見える通りにあった。さすがに老舗《しにせ》だけに店は広く、女の客もだいぶん入っていた。

「いらっしゃい」

と、小僧が目敏《めざと》く彼を見つけて大きな声を出した。

「ちょっと、小僧さん、番頭さんをここへ呼んでくれ」

藤兵衛はにこにこして云った。

「へい」

小僧は奇妙な顔をしたが、やがて、店の隅に待っている彼のところに一人の若い男を連れてきた。

「おめえが番頭さんか？」

「いいえ、わたしは手代でございます」

「おれは御用の筋で来た者だが」

藤兵衛が云うと、手代は急に丁寧になり、いま番頭を呼んでくると云った。

番頭は三十二、三くらいの痩せぎすな男だったが、如才なく藤兵衛に土間から奥へ通ってくれと云った。藤兵衛も店先では客の差障りがあろうと思い、裏口に通じるのれんをくぐった。

そこの上がりかまちに腰をかけていると、番頭も膝を揃えた。すぐに茶菓子が出た。

「親分さん、どういうことでございましょうか？」

と、番頭は店に関係したことではないかと心配そうにしている。

「いや、こっちの店にはじかに関係のないことだが、番頭さん、おめえのところは袋物屋だ。さぞかし煙草入れや煙管入れの類《たぐい》も造っていなさるだろうね？」

「へえ、承っております」

「こいつをひとつ見てもらいてえ」

藤兵衛はふところから布を出してひろげ、煙管を出した。

「これはおめえさんのところでこしらえたものじゃねえが、これに似合うような煙管入れは必ず造ってあるにちげえねえ。おめえさんの店におぼえはねえか、そいつを訊きに来たんだがね」

「へえ」

番頭は銀煙管を取上げて眺めていたが、

「どうも、わたしのところでは、これを入れる煙管入れは造っておりません」

と、はっきり云った。

「そうかえ。おめえも見る通り、こいつは女持ちの贅沢《ぜいたく》な品だ。それに、ちっと小型のこしらえぶりは、云わずと知れた他出のときふところに収めるものだ。どうだえ、こいつは特別誂えのものだろうね？」

「へえ、左様でございます」

「煙管が特別誂えなら、これを入れる煙管入れも特別の注文にちげえねえ。おめえさんのところで造ってねえとすると、ほかにどういう袋物屋があるかえ？」

「左様でございますね、やはり、この近所の相生屋《あいおいや》さん、小網町の宮川さん、南鍋町の菱屋さん、まず、近くではこういったところでございましょう」

藤兵衛はのれんをまたくぐって戻った。店先では、身なりのいい女房や娘たちが紙入れなどを択《えら》んでいた。

藤兵衛は仲町の相生屋に行った。つい眼と鼻の先だが、ここで一件ものにぶつかったのは藤兵衛の幸いだった。

小蔭に呼んだ相生屋の番頭は、煙管を一目見るなり大きくうなずいた。

「たしかにてまえどものほうで、これに合わせた煙管入れを造ったことがございます」

「そうか。実は、番頭さん、その煙管入れを注文したのはどこのどなたか教えてもらえませんかね」

「へえ……」

番頭は云い渋っていたが、結局、奥に行って亭主を呼んできた。藤兵衛は、それだけでも注文主が相当な身分であると察した。

「これはたしかにてまえどものほうで、ご持参になった方のご注文の煙管入れを造らせていただきました品です」

小肥りの、眼のぎょろりとした主人は答えた。

「そうですかえ。大店《おおだな》のご主人にわざわざ出ていただいて申しわけがねえが、その注文なさった方の、お所とお名前を聞かせてもらえませんかね。いえ、決してお店にはご迷惑はかけない。この煙管には少々わけがあって、お上のほうで調べていなさるのです」

「へえ」

果して亭主は暗い顔をした。やはり客への迷惑を憚《はばか》ったのであろう。しかし、結局、できるだけ自分のほうからその名前が出たとは云わないでほしい、と前置きしてうち明けた。

「この煙管に合わせた煙管入れをご注文なさったのは、小川町の駒木根大内記《だいないき》さまでございます」

「うむ。その駒木根さまとおっしゃるのは、相当なお旗本でございますかえ？」

「千七百石で、御具足御用掛と承っております」

「千七百石なら歴々のお旗本だ。そうですかえ。して、まさか、その駒木根さまが直々《じきじき》にこの店にご注文にお出ましになったわけじゃありますまい。どなたがお使いにこられましたかえ？」

「はい、御用人の伊東伝蔵さまとおっしゃる方がお見えになりました」

「それは、この煙管を持ってお見えになったのかえ？」

「へえ。これに合わせてということですから、現物をお持ちでいらっしゃいました」

「それは、ご主人、いつのことですかえ？」

「はい、今から一年くらい前になりましょうか。そうそう、思い出しました。端午の節句が過ぎていた頃と思います。わたくしのほうの屋根にあがった菖蒲《しょうぶ》が丁稚《でっち》どもの手で取除かれて二日ぐらい経った頃だと思います。その丁稚が屋根から墜《お》ちて足を挫《くじ》いたので、よくおぼえています」

「なるほど。それじゃ、恰度《ちょうど》一年ぐらい前ですな」

藤兵衛はしばらく考えたが、

「して、この煙管はどこでおこしらえになったのか、そのときに聞きませんでした

「あまりにお美事な煙管ですから、それを伺ったところ、さるところに頼んで造らせたのだとだけで、はっきりした先はおっしゃいませんでした」

「なるほど。で、くどいようだが、この煙管に似合った煙管入れならさぞかし立派な品にちげえねえでしょうね？」

「はい、そりゃもうわたくしのほうで精いっぱい立派に造らせていただきました。お値段のほうも二両ほどになりました」

「煙管入れに二両とは大そうなもんだ。いくら千七百石取りの大身でも、まさかご内室がお使いになるものじゃありますまいね」

「わたくしもそう思います。そこまでは聞きませんでしたが、どうやら、さるところにご進物のようで……」

「いや、どうもありがとう」

藤兵衛は、それだけ聞いて、相生屋を出た。

3

家に帰ると、幸太が女房のお条と話しながら待っていた。

「おめえ、いいところに面《つら》を出した。ちょいとさぐってもらいてえことがある」

「へえ。親分、泥亀の野郎は、ちっとは何かほじくって来ましたかえ？」

「うむ、亀の奴にも頼んでいるが……おい」

と、藤兵衛はお条に目配せした。御用の話になると、彼は女房に近寄らせなかった。

「あい、あい」

と、お条はうなずいて部屋を出た。

「ところで、幸太、あの煙管を頼んだ先が判ったぜ」

「えっ、判りましたかえ？」

幸太も眼を輝かした。そこで藤兵衛は、池之端仲町の相生屋で聞いた話を云って聞かせた。

「こんなわけで、おめえ、どう思う？」

「そうですね」

幸太は考えていたが、

「親分、こりゃ、その駒木根さまが誰か好きな女に造ってやって、それが盗まれて、品物が人の手に移ってゆくうち、どうしたはずみか惣六の手にへえったというわけじゃないでしょうね」

「おめえはそう思うか？」

「へえ、まさか、そんな立派な品を駒木根さまが奥方に渡すわけはねえ、ご機嫌取りにしては少々金がかかりすぎている。惣六の野郎はおとなしそうにみえて、案外、博奕場《ばくちば》に出入りしていたかも分りませんぜ。遊んだ奴が勝負に負けて、そのカタに取られたのかも分りません」

幸太は、自分の推察を述べた。

「そいつも一つの考えだ」と、藤兵衛は笑った。「ところで、おめえ、これから小川町に行って、駒木根さまの評判を少し聞きこんで来てくれ」

「駒木根さまがおかしいんですかえ？」

「何でもものは順序だ。殺された惣六があの煙管を持っていたにちげえねえから、そいつを頼んだ人のことを知るのがまず先だ」

「分りました。なに、そんなことはわけはありません。これからちょいと家に帰って折助《おりすけ》の支度に着更えます。小川町のあたりをうろついていれば、誰かそのへんの中間《ちゅうげん》がひっかかると思います」

「うむ、早速行ってくれ」

幸太が出て行ったあと、まもなく日が昏《く》れた。

藤兵衛が晩酌をやっていると、亀吉が入ってきた。

「亀か。いいところに来た。ま、一杯呑め」

「へえ、こりゃどうも間《ま》がよすぎたようで」

亀吉は埃《ほこり》を払って座敷に上がり、膝小僧を揃えた。

「一件のものは分ったかえ?」

藤兵衛は亀吉に盃をさしながら訊いた。

「娘義太夫のお春は、案外利口な女です」

亀吉は報告をはじめた。

「いろいろ贔屓している者がいるようですが、まだ尻尾《しっぽ》をつかまれていません。お春の家は本所緑町の裏店《うらだな》で、おふくろと二人暮しですが、別に男がそこに訪ねてきたというような噂はありません。近所でも、それにはあまり気がつかないようです。

もっとも、おふくろは年寄りで、眼が霞《かす》み、耳が遠いので、こっちで聞こうにも一向に埒《らち》があきませんでした。そんな具合で男はこねえが、お春のほうでひと月に三晩か四晩ぐらいは家を空けることがあるそうです」

「やっぱり、どこかに巣があるのだな。その三晩か四晩の中に惣六はへえっていねえのか？」

「わっちもそう思いましたが、今のところ手がかりがありません。親分、そういう女ですから、お春には、必ずほかに出来ている男がいると思います」

「これからのおめえの仕事は、お春の蔓《つる》を調べることだ。だが、なるべくほかに知れねえように、こっそりとやってくれ」

「へえ、分りました」

「あんまりおれたちがお春のぐるりを歩き回っているのがよそに知れると、ちょいと都合が悪くなる。そのへんは抜かりなくするのだ」

「合点です」

——その翌《あく》る朝早く幸太が飛びこんできた。

「親分、お早うございます」

裏で、縁日で買ってきた鉢植えに水をやっていた藤兵衛は振り返った。

「おう、早えな」

「早速昨夜、折助に化けて小川町をうろついてきました。昨夜はだいぶん遅くなったが、とりあえず、その話を親分の耳に入れようと思いましてね」

幸太は眼をこすって云った。

「そいつはご苦労だ。ま、そこにかけろ」

二人は縁側にならんで腰を下ろした。いま撒《ま》いた水が酸漿《ほおずき》の葉に溜り、それに朝陽が射して水晶玉のように光っていた。塀の外の朝顔の苗売りが間延びした声を流した。

「小川町の坂に止まっている屋台に首を突っ込み、それとなく待っていると、すぐ近所の折助がへえって来ました。それで、わっちはそいつに酒を呑ませ、じわじわと駒木根さまの様子を聞きにかかりましたよ」

「そのへんは、おめえはうめえものだ」

「おだてちゃいけません。その折助も初めは妙に口がかとうござんしたが、次第に酒が回ると酔っぱらい、とうとう、べらべらと話しました」

「どういうことだ？」

「へえ。駒木根さまは、親分も云った通り、千七百石の大身ですが、二、三代前から、ずっと御具足御用掛を云いつかっているそうです。ご当主の大内記さまは、まだ年は三十前で、なかなかのやり手だそうです。ところが、近所の評判はあまりよくありません。というのは、駒木根さまは、今の御具足御用掛の役がどうも不足で、もう少し上に出世したいと、だいぶん蔭で動いておられるということです」

「なるほど。祖先から受継いだ役じゃ不足だというわけだな。それでは、近ごろ流行《はやり》の賄賂《わいろ》で、然るべきところにご挨拶して回っていらっしゃるというのかえ？」

「ま、そういうわけです。近ごろは、少し根性のある者はみんないい役につこうと、上のほうに胡麻《ごま》をすっています。格別、駒木根さまがそうだというわけじゃねえようで」

「おめえの云う通りだ。それで？」

「それでだいぶん賄賂に金を使い、内緒は案外苦しいようです」

「近ごろはだんだんご進物も贅沢になって、お互いが金目のものを張るようになった。それも挨拶先は一軒や二軒じゃねえ、数が多いから、相当な身代のお旗本でもたまったもんじゃねえだろうな」

そう云いながら藤兵衛は、女持ちの銀煙管が駒木根からいずれの方面に入ったのだろうかと考えた。

「幸太、その駒木根さまのお使いにはどういうご家来が主に動いておられるか、そいつは聞かなかったかえ？」

「へえ、御用人の伊東伝蔵さまとおっしゃる方が、そのお使いに主に当っておられるそうです。これも折助の話で、本当かどうか分りませんがね」

伊東伝蔵の名を聞いて藤兵衛は、池之端仲町の袋物屋相生屋の主人の言葉と符合するのを知った。幸太の聞いてきた話は間違いではないと思われた。

藤兵衛は、しばらく思案した。なんとかして、その伊東伝蔵の周囲をさぐる方法はないだろうか。いや、できれば、その主人の駒木根大内記の内実もさぐってみたい。

しかし、旗本の屋敷に岡っ引が入りこむすべはなかった。殊に千七百石取りとなると、屋敷も小さな城郭といってよく、町方にとっては一種の治外法権地帯だった。

藤兵衛は腕をこまねいていたが、

「幸太、おめえ、昨夜もあんまり睡《ねむ》ってねえところを気の毒だが、その御用人の伊東伝蔵さまの人相を聞いてくるのだ。そして、伊東さまが夜こっそり屋敷から外に出るようなことはねえか、そいつも調べてきてくれ」

「分りました。できるだけ調べてきます」

と、幸太は受け合って帰った。

その日の夕刻四時ごろ、仕事の早い彼はまた顔を見せた。

「親分、分りました」

幸太は藤兵衛に小さな声で何ごとか報告した。そのあとで、

「伊東さまは、どうやら今夜あたりまた出かけるんじゃねえかということです」

と、情報を加えた。

「よし。幸太、おめえ、今夜おれといっしょに小川町に行くんだ。ちっとばかり芝居気を出すようだが、なに、だんだん暑くなってきた折だ、化物小屋の見世物に出る木偶《でく》じゃねえが、今夜はおれが化けて、おめえが狐火を焚《た》く役だ」

「えっ、親分、本当ですかえ？」

幸太は眼をまるくした。

午後八時ごろとなると、大きな旗本屋敷のならんでいる小川町一帯は人通りも絶えている。暗く連ねた屋敷町の屋根の上には星空だけがひろがっていた。近所は白塀や海鼠塀《なまこべい》が夜目にもうっすらと浮んでいる。

そこに一時間ほど蚊に食われながら黒い着物を着た藤兵衛と幸太が忍んでいると、どこかでひそかに戸の開く音がした。

「親分、いま音のしたのが駒木根さまの裏門です」

幸太がささやいた。

「うむ」

藤兵衛がうなずいて、闇の中をじっと見ていると、黒い影が一つ、裏門からはなれて歩き出した。

藤兵衛は、反対側の塀の角に中腰になってひそんでいたが、彼も幸太も、いつでも逃げられるように尻をからげていた。

「親分、あれが、用人の伊東伝蔵さまに違いありません」

幸太は、また藤兵衛の耳に伝えた。

藤兵衛は、向うの姿にじっと眼を当てていたが、突然、奇妙な作り声で呼んだ。

「もし、伊東さま。もし、伊東の旦那。……」

# 厚い壁

## 1

「もし、伊東さま」

闇の中から藤兵衛が呼びかけたとき、先方の黒い影はぎょっとしたように立止まった。

幸太といっしょに塀の蔭に隠れているし、距離があるので、むろん、先方の眼にはつかなかった。そのつもりで、わざと黒っぽい着物を着てきて、用意は出来ているのである。

相手の伊東伝蔵はきょろきょろして声の正体を捜した。しかし、返事はなかった。用心のためというよりも、正体の知れないものにめったな応えをしないたしなみであろう。

「もし、伊東さま、伊東さま」

藤兵衛はもう一度呼んだ。

相手の影は、今度はじっとそこに佇《たたず》んで、声の方向を透《す》かすように見た。あたりは大きな旗本屋敷ばかりならんでいる小川町の坂道である。昼間でも人通りの少ない上に、これは夜のことだった。眼に映るはずはなかった。

「だれだ?」

相手はたまりかねたように声を出した。

先方がしばらく黙っている間に、藤兵衛と幸太は闇に紛れて位置を変えていた。声をめがけて向うが襲撃してくることを考えたからである。

「へえ。おまえさまが伊東さまなら、ちょいとお願いしてえことがございます」

藤兵衛は新しい位置から声を放った。

「………」

向うに返事はない。やはり正体を知ろうとして、それだけに焦っているようであった。

「もし、伊東さま……煙管をお買い下さいまし」

伊東伝蔵の影が二度目にどきりとなった。いままで声のほうをじっと窺《うかが》っていた姿勢が、急に動揺したのである。

「煙管でございますよ。旦那」

と、藤兵衛はつづけた。

「どうか、いいお値段でお買い上げ下さいまし」

先方は鋭い声で問うた。

「おまえはだれだ？」

すかさず藤兵衛は云った。

「へえ、事情《わけ》があって名前は失礼させていただきます。もし、煙管をお買い下さるとお約束ねがえれば、また話は別でございますがね」

「煙管など拙者には用がない」

と、伊東伝蔵の声ははっきり答えた。

「はてね……煙管と申しましても、てまえがお買いいただこうと思うのは普通の煙管ではございませんので。銀打ちの女ものでございますよ」

相手は黙りこんだ。しかし、隠れている藤兵衛の眼から見て、たしかに伊東伝蔵は衝撃を受けたようだった。

「旦那……もし、伊東さま、いかがなものでございましょうか？　てまえの持っている煙管は、そんじょそこいらに転がっているようなものと違い、特別誂えの品でございますがね」

影はややあってから、返事した。

「わしは煙管にそれほどの興味はない……だが、上等の品というなら考えてもよかろう」

その声は、少しずつ隠れているほうに近づいてきていた。

「現物を見せてもらおうか」

「旦那、そいつはご免蒙《こうむ》りましょう。現物をお見せしなくとも、旦那にはとっくにお分りになっている品でございますからね。ただ、お値段のところをお聞かせ下さいまし」

「………」

「と、こう云っただけではまだご納得がゆかぬかも分りません。その煙管の出どころというのは……」

微《かす》かだが、伊東伝蔵が草履《ぞうり》を脱ぐ気配がした。

「出どころというのはどこだ？」

と、伊東は訊いた。その声には激しい息づかいがこもっていた。

「へえ、水の下で……」

「いくらだ？」

と、相手は言下に問うた。声はかなり間近なところに迫っていた。

「へえ……百両ではいかがなもので？」

返事をする藤兵衛も少しずつうしろに退《さが》っていた。幸太は藤兵衛を庇《かば》うように油断なく彼のそばについていた。

「百両か。で、品物はそこに持っているのか？」

「へえ、ちゃんとここに……持参しております」

「買おう」

と云った声と、闇にも白い刃が光って黒い影が殺到したのと同時だった。

藤兵衛は遁《に》げた。相手は、むろんのこと、あとから狂人のように追ってくる。道は突き当りから二つに岐《わか》れていた。藤兵衛と幸太とは、そこで左右に離れた。これはかねての手筈《てはず》で決めていたのである。そして追ってくるほうは、瞬間、どちらを追跡したものかと迷った。その僅かな余裕が藤兵衛を相手からひき離した。ふいとうしろを見ると、黒い影は反対側に走っていた。幸太の足の速さなら大丈夫と見極めて、藤兵衛はひと息ついた。はじめて夜風が汗ばんだ肌に冷たく感じられた。

――


翌朝になって幸太が顔を出した。

「親分、昨夜はご苦労さまで」

幸太は初めからにこにこと笑っていた。

「あれからどうした？」

「へえ、こっちは韋駄天《いだてん》でさ。野郎、とうとう、途中で息を切らして引き返してしまいましたよ」

「おめえと二手に分れて遁げたのが、うまく行ったな」

「さすがに親分、昨夜、ああいう手で相手の出方をためすとは、うめえ考えでしたね」

たしかにあの実験で旗本駒木根大内記の用人伊東伝蔵の反応はあった。もはや、伝蔵が問題の煙管と深いかかわりを持っていることは分明《ふんみよう》だった。

「ここまで分ったのはまあまあだったな。しかし、これからがちょいと難儀な探索だ。そう、いつもあんな調子じゃゆくめえ」

「そうですね。だが、親分、昨夜は、あの伊東伝蔵という用人も、川向うの娘義太夫のところに行くのを、とうとう、諦《あきら》めたようですね」

「とんだ邪魔をしたものだな」

「一件ものの煙管は、やっぱり伊東伝蔵が娘義太夫のお春に機嫌取りにやったものでしょうか？　そして、それをお春が色男の惣六にやったのでしょうかね？」

「いまのところどうとも云えねえが、伊東伝蔵が煙管にかかわりのあること、そして一件のものが隅田川に落ちていたことは知っているらしい」

「そうでしたね。親分があのとき、出どころは水の下だと云ったら、野郎、急に刀を抜いてきましたね」

「だから、惣六が仙造の舟で隅田川に行ったとき、一件ものを懐ろに持っていたことは知っていたのだ」

「そうすると、やっぱり、あの用人がそれを嗅《か》ぎつけて、お春と懇《ねんご》ろにしている惣六を殺《や》ったんでしょうかね？」

「その辺のところは、まだ、おれもよく分らねえ。そうだ、おめえ、いまからお春のところに、それとなく様子を見に行ってくれ。昨夜の騒動のあった翌る日だ。お春の様子もこの際知っておきてえからな」

「合点です」

幸太はそそくさと出て行った。

藤兵衛はそのあと、裏に降りて、猫の額のような庭につくった棚に水をやったりした。夜店から買ってきた鉢植えが、いつの間にか、その棚にはいっぱいならんでいた。今日もいい天気で、朝から眩《まぶ》しい陽が降りそそいでいる。彼は縁に腰を下ろして一服つけた。こうした間が、彼の頭のいちばん働くときだった。いまも、手がけているこの事件についてあれこれと思案をめぐらしていた。

隅田川に落ちていた煙管は、屋根師の職人惣六が持っていたものだが、彼はそれをどこから得たのか。その煙管を入れる袋物は、旗本駒木根大内記の用人伊東伝蔵が池之端仲町の相生屋に誂えたと分っているから、問題の煙管も伝蔵がどこかに特別に誂えたに違いない。知りたいのは、それが誰に入って、どういう経路で惣六などの懐ろに落ちついたかである。

当今は何でも賄賂ばやりで、賄賂を使わなければ旗本もいい役に就けない。伊東伝蔵は、主人の駒木根にいい役を付けてもらうため、賄賂の一つとして特別誂えの上等な煙管を然るべきところに納めたとは推察できるが、それはどの方面であろうか。そういう用途に使われるくらいだから、煙管の最初の行先はかなりな権勢の人物のところとは分っている。しかも、その煙管は女持ちだ。してみると、その権勢の人物の奥方か、愛妾か、そういうところではなかろうか。将を射んと欲せば馬を射よ、という言葉どおり、搦手《からめて》から取込もうとしたようにも思われる。

いずれにしても、藤兵衛の頭はまだ雲の中だった。

おそい朝飯が終って、藤兵衛が茶を呑んでいるときだった。表にだれか訪ねてきたので、お条が起った。

「おまえさん」

と、お条は戻ってきて来客を取次いだ。

「船宿の〝つたや〟のおかみさんが見えましたよ」

2

つたやのおかみはお条につれられて入ってきた。彼女は、まず突然邪魔をした詫びを云い、次に、こういうことを云った。

「親分さんにぜひお目にかかりたいとおっしゃるお方がおられますが、いかがでしょうか？」

「それはどういう方ですかえ？」

と、藤兵衛はたずねた。

「わたくしどもによくお越しになるお客さまで、釜木進一郎とおっしゃる小普請《こぶしん》組の方でございます。まだお年はお若いのですが、前から、死んだ船頭の仙造を可愛がっていただいておりましたので、仙造があゝいうことになって、ひどく残念がっておられます」

おかみは云った。

「はて、その釜木さまが、どういうわけでわたしに会いたいとおっしゃるのですかね？」

「はい、実は」

と、おかみは云いにくそうに話した。

「釜木さまは、そんなわけで、仙造の死んだ模様をいろいろとおたずねになりました。それで、親分さんにはたいへん申しわけないことですが、家の雇人のだれかが釜木さまに、あの川の底を捜させて、親分さんが銀打ちの煙管を見つけられたことを、うかつにも話したようです」

「しようがないな」

と、藤兵衛は舌打ちをした。

「おまえさんにはあれほど口止めしておいたのに、そんなことを他人に云っちゃ困りますね」

「何とも申しわけございません」

と、おかみは頭を下げた。

「……しゃべってしまったあとじゃ、何を云ってもはじまらねえ。それで、その釜木さまが煙管のことでわたしに会いたいとおっしゃるのかね？」

「はい。ぜひ、その煙管を拝見できないものかとおっしゃるのです。わたくしも親分さんに口止めされて、その約束を堅く守るつもりでいたてまえ、再三お断りしたのですが、ほかの者が話してしまったので、それを聞いた釜木さまは、それはそれは熱心に、わたくしにお頼みになるのです。わたくしもほとほと困って、とにかく親分さんのお考えを聞いて参りますからと云って……」

「そうして、今朝飛びこんで来たというわけかね？」

「はい……」

「おかみさん、おまえ、釜木さまをいっしょにここにつれて来ていなさるね？」

「えっ」

「別にびっくりするこたァねえ。さっきからおまえの様子を見ていると、なんだか表のほうばかりが気がかりの様子。遠いところをせっかく足を運んでこられたのだ。

おまえにその返事をする前に、わたしがその釜木さまにお目にかかろうじゃありませんか」

「そんなら、親分さんは……」

「馬を曳いて来たのなら仕方あるめえ」

と、藤兵衛は笑った。

「おい、お客さまがもう一人お見えだ。座蒲団を出してくれ」

と、藤兵衛はお条に云いつけた。

いったん表に出た船宿のおかみが、やがて、着流しの若い侍をつれてきた。二十四、五くらいの、色の浅黒い、長身の男だった。ひき緊《しま》った顔だが、眼に愛嬌があった。彼は藤兵衛にすすめられて座蒲団の上に坐ったが、態度も磊落《らいらく》で、

「突然邪魔をして申しわけない」

と、挨拶した。微笑すると、よけいにその顔が無邪気にみえた。

「せっかくお越しいただいたのに、おかみさんが表にお待たせしたりして、ご勘弁ねがいます……おかみさんもおかみさんだ。もっと早くそう云ってくれれば、この暑い往来に立っててていただくことはなかったのに」

と、藤兵衛はおかみに云った。

「いや、それは、わたしのほうからぶしつけに押しかけてきたので、都合を伺うまで勝手に待たしてもらったのです」

と、若いが少しも威張ったところもなく、行届いた挨拶だった。

「へえ、何とも……して、ただいま、おかみさんから聞きますと、何やらご所望のようで……」

「そのことです。ひと通りおかみから話してもらったと思うが、あんたのほうで手に入れた大事なものを拝見にあがったのです」

釜木進一郎は、すぐに自分の希望を述べた。

「それはまた、どうしたお考えで？……」

と、藤兵衛は丁寧な口調できいた。

「お察しのように、あの煙管は大事な御用の証拠品です。かかわりのないお方には滅多にお見せするわけには参りません。ですが、せっかくここまでお越しになったことでもあり、また、このおかみさんの顔も立てたいので、一応そちらさまのお考えを承ってから、ご返事を申しあげたいと思います」

「もっともだ」

と、釜木進一郎という若い侍はうなずいた。

「そういうことは重々、わたしも存じている。しかし、なにも物好きでここに願いごとに来たのではない。くわしい事情は言えないが、少々、心当りのことがありましてな」

「あの煙管に、でございますか？」

「それがわたしの心当りのものと同じかどうかは分りませんが、とにかく拝見してみなければ、何とも云えないのです」

「もし、お見せしてお心当りのものだと分れば、旦那さまは、その御事情をてまえに話していただけますか？」

藤兵衛も、煙管の一件ではあまり進展がないので、この際、正直、藁《わら》をもつかみたい気持であった。

「申すまでもない。無理を願ったのだから、もし、現物がそうだと分れば、わたしの存じ寄りをお話しいたそう」

釜木進一郎は明快に答えた。

藤兵衛が立って、簞笥《たんす》の小引出しから袱紗《ふくさ》に包んだ煙管を持ち出したのは云うまでもなかった。彼は釜木の前にその袱紗を丁寧にひろげた。

「旦那さま、これでございます」

釜木という若い武士は、目の前に現れた煙管にじっと視線を注いだ。

「これは手に取って拝見してもよろしいかな？」

釜木は藤兵衛に断った。

「どうぞ、お手に取ってゆっくりとごらん下さいまし」

釜木は袱紗ごと手に取って煙管を入念に眺めていた。その横顔を藤兵衛が観察していた。

釜木進一郎は煙管の吸口、雁首、殊にその彫りの細工など眼を近づけて検《しら》べていた。

それが終ると進一郎は、袱紗にのせたまま煙管を丁寧に藤兵衛の前に置いた。

「どうもありがとう存じました」

と、彼は変った表情を見せずに礼を云った。

「お心当りのものと違いましたか？」

藤兵衛は対手《あいて》の顔に訊いた。

「よく似てはいるが……」

違っていたと釜木は首を振って微笑をつくった。

藤兵衛も煙管の上に眼を落した。

「それは残念でございました。いや、これはてまえのことで、せっかく、旦那さまから手がかりを求めようと思っておりましたのに」

「存じ寄りの品だったらお話しするつもりでしたが、わたしも残念……」

と、釜木も藤兵衛を見て云った。

「しかし、なかなか美事な拵《こしら》え、とても屋根師の職人風情が持つものではありませんな」

「旦那さまは、この女持ちの煙管を、どういう身分の者が持っていたとお考えでしょうか？　これはてまえの心づもりでお聞きするのですが」

藤兵衛は、対手に参考的な意見を求めた。

「そうですな、かなり贅沢な暮しの人間とみえます。たとえば、身分のある大奥の女中とか……」

「なに、大奥女中？」

藤兵衛が眼を光らせると、

「いや、なに、これはたとえばの話。当節は町人も贅沢になりましてな。雪駄《せった》の台に金蒔絵《まきえ》を施したり、寒い冬なぞは、足の裏が暖かいように、火をおさめる引出しまで下駄についているのがある。金銀の髪かざり、銀無垢《むく》の煙管などはザラのこと、

「なにも大奥女中だけとは限りませぬ」

「なるほど」

藤兵衛はうなずいた。

念のためにと云って、煙管の図柄を写し取った釜木進一郎は、お邪魔をしたと挨拶して起ち上がった。藤兵衛が見上げると颯爽とした姿なのである。

「親分さん、ほんとにご迷惑をかけました」

と、傍らのおかみも礼を言った。

藤兵衛が二人を見送って門口まで出た。そのとき、ふいと釜木進一郎が振返って云ったものだった。

「藤兵衛殿、仙造といっしょに舟から落ちて死んだ惣六というのは、屋根師の職人でしたな。その屋根師の親方は、たしか大奥の住居の屋根の御用を勤めていたそうですな……」

藤兵衛が顔色を変えたとき、釜木はまた言った。

「あの煙管は大事な品です。だれかが狙っているかもしれない。盗られぬようにされるがよい……いや、これは失礼した。あんたは、そういう盗人を縛る人でしたね。とんだ釈迦《しゃか》に説法、ご免下さい」

と、釜木進一郎という侍は、藤兵衛の眼の前から背中を返した。

3

釜木進一郎の云ったことが藤兵衛の胸に重く落ちてきた。

惣六が持っていた銀煙管は大奥の女中に渡っていた品ではないか、という釜木の言葉は、藤兵衛を納得させた。実はいままで、大身の旗本の奥向きに入っていたのではないかと考えていたのだが、なるほど、大奥女中ということも考えられる。いや、それは十分に可能性がある。釜木という侍が云った通り、屋根師の職人惣六の親方は、お城の普請の御用を聞いている。現に惣六は事件の前にはお城の工事から久しぶりに帰って来たと云ったではないか。

藤兵衛は、俄《にわ》かに巨大なものが前面に立ちふさがったような気がした。

彼は、その煙管の注文主が小川町の駒木根大内記だと思っている。駒木根は野心家で、かねてから出世を狙っているという噂だった。そんな人物があらゆる方面に伝手《つて》を求めて猟官運動をしていることは想像がつく。今日の時代は万事が賄賂で、大鯛を運びこむよりも黄金のほうが効き目があるといわれている。その黄金も次第に手が込んできて、金よりも贅沢な細工物が喜ばれつつある。この煙管もその一つではなかろうか。

猟官運動とお城の女中――考えられぬことではなかった。

殊に、いま大御所家斉《いえなり》には十数人の愛妾がいる。幕府の要職に就くには、すべて有力な愛妾の機嫌を取らなければ不可能だとされている。駒木根大内記も出世したさに、その手を考えたのではなかろうか。

いまや賄賂は公然と行われている。家斉の愛妾お美代の方の養父中野碩翁《せきおう》は向島に別荘を持ち、贅沢三昧《ざんまい》の暮しをしている。大御所随一の愛妾の養父というので、大名どもが暮夜ひそかに碩翁の別荘を訪ね、さまざまな進物を運びこんでいる。そのため向島には、進物を調進する専門の店が一丁ばかり両側に出来たくらいだ。一事が万事、この女持ちの銀煙管も、そんな役目に使われたと考えられるのだ。

では、どうして、それが大奥の女中から屋根職の惣六に渡ったのであろうか。屋根師は男子禁制の局《つぼね》の普請場に出入りできる。だから、大奥女中の一人が惣六に与えたという線もないではない。また、惣六がその辺の庭にでも落ちていた煙管を拾って帰ったという想像もつかぬではない。しかし、そういう普請場には、必ず厳重な警戒の眼があるはずだ。たとえば、添番《そえばん》というのは局の警備役で、絶えず眼を光らしている。その目をくぐって、どうして屋根師の職人などにこんなものが渡ったのであろうか。

いや、それよりも、その銀煙管は大奥女中の誰の持ちものだったのだろうか。駒木根大内記が贈物をしたというからには、有力な女中に違いない。

藤兵衛がここまで考えたときに子分の幸太が戻ってきた。

「親分、娘義太夫のお春は、相変らず元気な様子でおります。ちっとも変ったところはありませんぜ」

と、彼は報告した。

「そうか。昨夜、伊東伝蔵は、あんなわけでお春のところに行けなかったが、お春はしょんぼりしてなかったか？」

「とんでもねえ。あの女はほかにも男がいるらしくて、ちっとも沈んだところはありませんぜ。それよりも、惣六が死んで水茶屋のお絹のほうがやっぱりこたえているようです。お絹は、あれ以来、ずっと店を休んでいますよ」

「そうか」

藤兵衛は、それだけ聞いて、新しい命令を幸太に伝えた。

「いま、ここに、船宿のつたやの客で、小普請組の釜木進一郎という人が煙管を見せてくれと云ってやってきた。心当りがあると云うから見せたところ、違っていたと云って帰ったがな」

「へえ、そんな人が来たのですか」

と、幸太は眼をまるくした。

「おれの睨《にら》んだところでは、釜木という人はあの煙管に心当りがあると思っている。おれの前では、わざと口を濁したのだ。おめえ、ひとつ、その釜木という小普請組がどういう人か、洗ってきてくれないか」

「合点です。どこに住んでいるのか分りませんか？」

「そいつは、つたやのおかみに訊けば分るだろう。だが、あんまりおかみをあわてさせないように、その辺はうまくやってくれ。おかみから先方にそのことが洩れても具合が悪いからな」

「分りました」

幸太は出て行った。

すると、それと入れ違いに同心の川島正三郎から使いが来て、藤兵衛に急いで来てくれ、そして銀煙管もいっしょに持参するようにとのことだった。

藤兵衛は、川島のほうに何か新しい情報でも入ったのかと思い、云われた通り銀煙管を袱紗に包んで、支度を改めて出かけた。

八丁堀のあたりにも初夏の眩しい陽が降りそそいでいた。

「やあ、藤兵衛か」

と、同心の川島は機嫌のいい顔で藤兵衛を自分の家の中にあげた。

「藤兵衛、ちっとはあっちの探索は進んだか？」

と、川島はすぐに訊いた。

「どうも、それがあんまり捗《はかど》りません」

と、藤兵衛は頭を掻いた。

「そうか」

川島はうなずいて、

「ところで、そのことだが、都合があって、あの一件の探索はやめてくれ」

と、急に云い出した。

「えっ」

藤兵衛はおどろいて川島の顔を見た。川島はうすら笑いをして、

「せっかく骨を折ってもらったが、どうもモノにならねえようだ。たかが屋根師の職人と船頭の溺れ死だ。おめえが汗みどろになって働くこともあるめえ」

と、ふところ手をして云った。

「川島の旦那、探索が捗らねえのは申しわけございませんが、この一件はもう少しで目鼻がつきそうです。どうかつづけてやらせておくんなさいまし」

藤兵衛は頼んだ。

「いまも云う通り、そいつはもういいのだ。それから、おめえに預けてある銀煙管だが、あれをこっちに寄越してくれ」

藤兵衛は言葉を失って川島の顔を眺めるだけだった。

「いろいろ都合があってな」

と、さすがに川島もちょっと間の悪そうな表情になって、手をふところから出した。

「都合と申されますと？」

「こちらの都合だ。何も訊くな。とにかく、この一件からは手を引いてくれ」

「しかし、旦那……」

「おい、藤兵衛、おめえ、おれの云うことに逆らう気でいるのか？」

と、急に川島は眼を怒らした。

「いいえ、そういうわけじゃございませんが……」

「おめえ、ちっとばかり探索の腕がいいからといって自惚《うぬぼ》れるんじゃねえ。おれがかねてから目をかけてやっているから働けるのだ。つべこべ云うな」

藤兵衛は川島の俄かの見幕に呆れた。実際、川島は本気で怒っていた。

「はい、よろしゅうございます」

藤兵衛はむっとした。なるほど、川島の下について探索に従ってはいるが、いままで仕事のことで自慢したことはなかった。また、そんな素振りを他人に見せてはいけないと、自分を戒めている。自惚れるな、と正面から川島に云われて、藤兵衛も腹が立った。しかし、相手は自分を指図する同心である。彼は袱紗ごと煙管を川島の前に出した。

「では、たしかに、これをお返しいたします」

川島は手に取って袱紗を開き、中身を見てから、それを自分のふところの中に入れた。

「たしかに受取った」

と、今度はふてぶてしい顔色になって、

「今日はおれは機嫌が悪い。何も云わないで帰ってくれ」

「へえ。いつもお世話になっている旦那の云いつけですから、てまえはその通りに従います」

藤兵衛は多少皮肉に答えた。

「それでは、ご免下さいまし」

外に出てから藤兵衛は大きな呼吸をした。近くの、やはり同心の女房が子供の手をひいて歩いていた。

同心の川島はなぜこの事件から手を引かせたのか。

おそらく、これは川島一個人の考えではなく、もっと上のほうからの指令があったのではあるまいか。それで威圧的に自分から探索の術《すべ》を取上げたのであろう。川島が何も訊くなと云ったり、おれの云うことに逆らうのかと怒り出したのが、その証拠である。川島正三郎は、日ごろから「おとぼけ正三郎」で通っている男だ。要領のいい役人なのである。殊に上から命令されたとなると、まともな理由を云うはずはない。いや、あるいは、川島自身も、その上司からの命令の意味を知らないのではなかろうか。ただ、この事件の一切の探索を中止しろ、という至上命令があったような気がする。

すると藤兵衛は、若い小普請組の釜木進一郎が云った言葉を思い出した。

(大事な品だから、この煙管は盗られないようにすることですな。いや、盗人を捕

まえるのはあんたの役目だった)

その煙管は盗人に奪《と》られたのではなかった。堂々たる権威筋が事件の唯一の物的証拠を奪り上げたのである。

藤兵衛は、いま、巨大な壁を感じるとともに、事件の深い淵をのぞいた思いになった。

それにしても、あの不思議な小普請組の釜木進一郎とは何者なのか——。

# 煙管の持ち主

## 1

翌日の昼前に、幸太が息急《せ》き切って藤兵衛の家に駆けこんできた。

「親分、えらい騒動が持ちあがりましたぜ。娘義太夫のお春が殺されました！」

藤兵衛は、さすがにおどろいた。

「そりゃ、いつのことだ？」

「へえ、わっちもまだ現場には行っていませんが、本所のほうに知ってる者がいて、それが報らせてくれました。なんでも、昨夜、寄席《よせ》が終って、自分の家に戻ってくる途中だったそうです。殺されたのも家のすぐ近くだといいます。胸のあたりを切られて殺《や》られたそうですよ」

「あの辺の縄張りは紺屋《こうや》だったな？」

「へえ、そうです。先代の親分が死んで、いまは息子さんの吉次さんの代になっています」

紺屋という岡っ引は、藤兵衛も懇意にしていた。それが去年卒中で死んでからは、若い息子の代になっている。紺屋というのは、先代の親がその商売だったので、渾《あだ》名《な》になっていた。

「親分、お春を殺したのは小川町のほうじゃありませんかね？」

幸太は、駒木根大内記の用人伊東伝蔵のことを指した。

「まだ何とも分らねえ。おめえの云う通り、あの辺は吉次の持場だが、まだ年は若え。おおかた、もう来てるかもしれねえが、ちょいとのぞいてみよう」

「だが、昨夜のことですから、もう死骸は片づいてるかもしれませんね」

「そうかもしれねえ。吉次に断って、仏を拝ませてもらうのだ。まだ葬式は出ていめえな」

藤兵衛は支度をして、幸太といっしょに出かけた。

「幸太、おめえ、例の小普請組の釜木という男を調べるのじゃなかったのかえ？」

「へえ、そのつもりで出かけようとしたところへ、いまの報らせがあったのです」

幸太は頭を掻いた。

「それじゃ、ここで別れて、そっちのほうをやってくれ」

「へえ」

と云ったが、幸太はお春殺しのほうが気にかかっているようだった。

「おれの持場じゃねえから、おれ一人で構わねえ。この際だ、ふたり面《つら》を揃えて行くこともあるめえ」

「分りました」

幸太は藤兵衛の云いつけどおり、彼から離れて行った。

藤兵衛は両国の長い橋を渡り切って、本所緑町の裏店《うらだな》に足を入れた。お春の家は訊ねるまでもなく、その辺でひそひそと立話をしている女房連の様子で見当がついた。近所の者でなければ、事件の翌日までもこうして集って噂話はしない。

「もしもし」と、藤兵衛は女たちの輪に話しかけた。「わっちは昨夜不幸のあった師匠に近づきの者ですが……」

女たちはぴたりと話をやめた。みんなすぐには返事をせず、藤兵衛を警戒的に見ていた。

「師匠が不幸な目に遭ったとこは、この近くですかえ？」

女たちは返事をしなかった。

「どうも、とんだことでしたね。わっちもいまからお悔《くや》みに行くところだが、その前に、せめて師匠の亡くなった場所を弔《とむら》いたいと思いましてね。どなたかご存じなら、教えてもらえませんかえ」

なるべく堅気のように云うと、その中の中年の女房がようやく口を開いた。

「その角を曲って突き当れば、新しい土がかぶせてありますから分りますよ」

新しい土は、血で汚れた地面を隠したものらしい。

裏店といっても、そこは想像したような棟割長屋ではなく、裏通りのこぢんまりしたしもた屋だった。新しい土の見えているところは、二軒ぶんぐらいの空地になっている。

思った通りお春の死骸はとうに片づけられていた。藤兵衛は、しばらくそこに立って、あたりを見まわした。新しい土は目印のように殺人現場を教えていたが、そこは路地からは少し離れていた。

もし、下手人がお春を道路で襲わずにそこで殺したとなると、現場まで曳きずって行ったに違いないから、必ずお春は声を立てたであろう。小さな家の密集している地帯だから、その悲鳴は必ず近所の耳に入っている。……

「駒形の藤兵衛親分じゃありませんかえ？」

ふいにうしろから声をかけられた。ふり返ると、藤兵衛にはおぼえがないが、吉次の子分らしかった。

「おめえは紺屋の身内かえ？」

「へえ、そうです」

「今度はえらい騒ぎが持ちあがったな。もう下手人の目星はついているのかい？」

「それが、まだ見当がつかねえところです」

と、子分はあたりに眼を配ってから返事をした。

「そうか。おれは、殺されたお春という娘義太夫とはちっとばかり顔馴染だったので、今度の一件にはびっくりした。仏はもう家の中に運び入れたかえ？」

「へえ。今日の七ツ（午後四時）が出棺です」

「そうか。で、師匠が刺されたのは身体のどの辺だ？」

「恰度、このあたりです」

と、子分は、自分の左乳の下に手を当てた。

「ひと突きかえ？」

「へえ、鮮やかなもので……」

「殺されるとき師匠の声を聞いたものはねえのか？」

「近所の者で悲鳴を聞いた者はおりません。ウンもスンもなかったのかもしれません。なにしろ、即死でしたから」

藤兵衛は、もう一度、その現場の地形を眼でたしかめた。道路と、土をかけた殺害現場とは二間ぐらいの距離だと目測した。声が出ぬくらいに心臓をひと突きに刺されたとなると、犯行が路地なら、そこに血が流れていなければならない。路地から二間ほど引っこんだ空地で殺されたのは一目瞭然だから、下手人はお春をどのようにしてそこまでつれこんだのか。その間、なぜ、お春は大きな声を出さなかったのか。

お春の家は線香の匂いが外まで流れているので、すぐに分った。入口には、五、六足の履きものが狭い所にならんでいた。

「ご免ください」

藤兵衛が声をかけると、中から手伝いの者らしい近所の中年女が出てきた。

藤兵衛が悔みを云うと、その女は礼を返した。仏の前に線香を上げたい、と藤兵衛が頼むと、気軽にあげてくれた。

家は二間しかなかった。その奥の八畳の間に、お春の遺骸が蒲団をかけられて横たわっていた。その手前には線香が煙を纏《もつ》れさせていた。横に六十近い老婆が眼を泣き腫《は》らして坐っていたが、それがお春の母親であろうと藤兵衛は思った。

彼は焼香に進んだ。お春の顔は、白い布がかぶせてあるので分らなかった。職権を使って死骸を検《あらた》めたかったが、何といってもここは縄張りの違いで、年は若いが紺屋への遠慮があった。それから、もう一つ、藤兵衛にそういう行動をとらせない気持のひっかかりがあった。同心の川島に云われた言葉が胸につかえていた。

ともかく手を合わせていると、藤兵衛の背中を軽くつつく者がいた。ふり返ると、当の紺屋の吉次の顔がそこにあった。

「駒形の小父《おじ》さん」と、吉次は低い声で云った。「おめえさんも来てくれましたかえ」

若い吉次は、亡父の友だちでもあり、古顔の藤兵衛を立てていた。

「うむ。おめえのところでえらい騒ぎが持ちあがったな。この際だ。まあ、しっかりやってくれ」

藤兵衛は、若い同業を激励した。

「せっかくここに見えたのですから、仏の様子をちょいと見てくれますかえ」

吉次は、藤兵衛の気持を察したように云った。

「そうか。それじゃ、ちょいと拝ませてもらおうか」

吉次は、次の間にいる一同のほうには身体で壁をつくるようにして、仏の蒲団をめくった。白布を取ると、お春の死顔が現れた。それにはあまり苦悶の表情は浮いてなく、むしろ安らかな死顔だった。

吉次は、次に着物の前ふところを開いた。白い布が胸乳《むなぢ》を巻いていた。藤兵衛がうなずくと、吉次は蒲団を元の通りにかけた。

2

藤兵衛と吉次は、その家を出て、もとの殺しの現場まで戻った。

「紺屋の。下手人のほうはどうだえ？」

と、藤兵衛は訊いた。

「そいつが、まだ、皆目見当がつきません。殺されたのが、ああいう人気商売の女ですから、どうせ色事が因《もと》にちがいねえと、そのほうの聞き込みに歩いているのですが、まだ、これという筋が取れません」

と、吉次は困ったような顔をした。

「いままで分っているところをざっと話してくれ」

「へえ」

吉次の話によると、お春の死骸が見つかったのは昨夜の十一時ごろで、いつも九時半ごろまでには帰るはずの彼女が戻らないので、母親が心配して寄席まで訊き合わせに行った。すると、お春は八時ごろにはその小屋を出たという。出るとき、お春は、付いている女に今夜はどこにも寄る予定はないと云っている。

娘義太夫は、ときどき、席が済むと贔屓客の馳走になることがある。だが、その晩は、その約束もなく、真直ぐ家に帰ったことが分った。そこで、近所の者が提《ちよう》灯《ちん》を持ってお春の帰る道順を捜すと、家の横手にある空地に倒れている死体を発見したのだった。お春は仰向きに倒れていた。

「いま小父さんに見せたように、左の胸乳を短刀のようなものでひと突きに刺されております。近所の者がお春の悲鳴を聞いていないので、油断をしていたところをいきなり刺されたのだと思います」

吉次は、そう説明した。

「おれもそう思う。いま仏の顔を見たが、別に苦しんだり、おどろいたような様子もねえ。路から二間ほど離れた空地だから、お春がそこまで曳きずられて行ったとすると、声を立てたにちげえねえ。それが聞えなかったとすると、下手人はお春の知り合いだ。知り合いだからお春は疑いもせず、立話のつもりで、この空地まで誘われて行ったにちげえねえ」

「わっちもそう考えます」と、吉次はうなずいた。「そんなわけで、お春の贔屓客の中から怪しい者を捜しているわけですが、どうも捗々《はかばか》しくありません」

藤兵衛は、吉次の口から小川町の駒木根大内記の用人伊東伝蔵の名が出るのではないかと思ったが、吉次は別に何も云わなかった。若いがやはり同業の藤兵衛を意識して秘密にしているのかもしれなかった。そう察したので、藤兵衛から先にそれを訊くわけにはいかなかった。

「小父さんは、捜索の筋でお春に何かひっかかりがありましたかえ?」

今度は吉次が問返した。

「うむ、ちっとばかり縁がねえわけでもねえ……だが、当人が死んでしまえば、もう別段のことはねえ」

藤兵衛も仙造・惣六殺しの一件に関係があるとは云わなかった。

「お春は相当浮気な女のようですね」と、吉次は云った。「もともと、こういう人気商売だから、贔屓客を集めねえとやってゆけねえでしょうが、それにしても、かなり客の云うことを聞いてきたようです。それがあんまり数が多いので、かえって、これという人間がつかまらねえようです」

「そんなゼニ金《かね》ずくでなく、お春には情人《いろ》はなかったかえ?」

「情人《いろ》といえば、惣六という屋根屋の職人が、どうもそんなようです。でも、こいつは、四、五日前に隅田川で死んでおりますから、お春殺しには関係がないわけです」

屋根師の惣六の名を出したとき、思いなしか、吉次の眼がチラリと藤兵衛の顔をさぐるように見た。

「実は、おれのほうの筋も、その一件だった」

藤兵衛は、あんまりシラも切っていられないので、それだけは云った。

「それは、うすうす、ほかのほうから聞いていました」

吉次は答えたが、藤兵衛が惣六殺しを受持っているとは、同じ岡っ引仲間だから吉次も分っているだろう。だが、藤兵衛は、吉次がそれを知っているのは、それだけではないような気がした。

ふいと路地から影が射した。同心の川島が、裾の短い羽織に雪駄《せった》ばきという八丁堀姿で、ぶらぶらと歩いてきた。川島は、そこに藤兵衛が来ているのを意外に思ったらしかったが、すぐ何喰わぬ顔で近づいた。

「ご苦労さまでございます」

と、藤兵衛は川島に頭を下げた。

「藤兵衛、おめえもここに来ていたのか？」

と、川島は片頬にうす笑いを浮べた。

「へえ……」

「そりゃわざわざご苦労だったな。だが、この一件は紺屋にやらせているので、おめえの手を煩わすこともねえようだな」

よけいなところに出しゃばるな、といいたげな川島の言葉だった。

「へえ、わっちも縄張りが違いますから、その辺は心得ております」

と、藤兵衛は答えた。

「ただ、殺されたお春が、前からの一件のつづきで、まんざら縁のねえわけでもねえので、線香を上げに参りました」

「そいつは奇特だな」と、川島は微笑をつづけていた。「だがな、藤兵衛、よけいなことだが、隅田川の一件は、昨日おめえに云った通りだ。きれいさっぱりと忘れてくれ」

川島にもお春殺しが隅田川の一件と一脈の筋があると分っている。それだけに藤兵衛がここに来たのが気に入らないふうだった。

「承知いたしました」と、藤兵衛は柔和な顔だが、少し皮肉に答えた。「なに、旦那のおっしゃる通りにしていれば、わっちも間違いがねえわけでございます」

川島はとぼけた顔で、

「江戸は人間の掃き溜めどころだ。いつまた厄介な捕物が起らねえとも限らねえ。藤兵衛、そのときは骨折りを頼むぜ」

長居は無用と思った藤兵衛は、川島に挨拶して別れた。紺屋の吉次は、二人の様子にうすうす事情を察したように、当惑そうな顔をしていた。

藤兵衛は足を両国のほうに運んだ。背中に、藤兵衛は何を訊いていたと吉次にたずねる川島の声が聞えそうであった。

さっき吉次が、惣六殺しの一件を藤兵衛が受持っているのを知っているといったが、あれは岡っ引仲間の噂というよりも、川島から聞かされたように思える。してみると、川島の意図は、一件を藤兵衛から取上げて、経験の浅い吉次に背負わせることかもしれない。云いかえると、川島は、自分の思うように吉次に事件の片づけをさせるようだった。これは惣六殺しを含めてのことである。

何か上のほうで大きな考えがある。その考えから、おれが邪魔になってきた——

藤兵衛の足は、思案に取られて無意識に運んでいた。

「もし」

ふいと藤兵衛は横合いから声を聞いた。

「藤兵衛親分じゃありませんか」

あっ、と思ったのは、昨日、船宿の「つたや」のおかみにつれられてきた釜木進一郎の若い顔が、眩しい陽を半顔にうけて立っていたことである。

「こりゃ……うっかりしておりまして」

藤兵衛は頭を下げた。

「昨日は急に押しかけて、すみませんでしたな」

腰の低い釜木は眼を笑わせた。

藤兵衛は気が臆した。大事な証拠の煙管を奪《と》られないようにしてくれと注意したのが、この釜木である。泥棒ではなかったが、巨大な力が藤兵衛の手からその煙管を取上げてしまったのだ。

「だいぶん考えごとに耽《ふけ》っていたようですな。二度ほど声をかけたのですがね」

釜木は人なつこい顔で云った。

「そりゃ、どうも……」

「何かまた新しい騒ぎでも起りましたか？」

「いや、そういうわけではありませんが」

藤兵衛は、お春殺しのことは口に出さなかった。釜木もまだ知っていないようだった。

「どうです、昨日お邪魔をしたから、今日はわたしがその辺にお誘いしたいのですがね。ちょいと、その辺に上がってつき合っていただけますか？」

釜木は誘った。

藤兵衛は、素直にその言葉に従うことにした。この男のことは、まだ藤兵衛には謎だった。現に幸太には彼の身元を調べさせている。その当人に出遇ったことだ。断る理由はない。煙管のことを注意してくれたことといい、ただの人間とは、思われなかった。

「船宿のつたやはすぐそこですが、今日は別なところにしましょう」

釜木のほうから、そう云った。そこにも彼らしい配慮がみえる。殺された仙造が雇われていた「つたや」では話しにくいだろうと、相手のほうが藤兵衛の気持を察していた。

3

向両国に引返し、釜木進一郎が藤兵衛といっしょに上がりこんだのが、川の見える小料理屋の二階だった。

酒と、みつくろいのものを注文した。

「親分、仙造の一件は目鼻がつきましたか？」

と、釜木は訊いた。

「それが、どうも……」

藤兵衛は渋い顔をした。いま、そのことを質問されるのは辛《つら》い。

「はてね？」

釜木は首をかしげて、

「親分のような腕利きの御用聞きが難儀をなさっているとは、ちょっと意外でしたな。それほど厄介な探索ですか？」

と云った。

「むずかしいですな」

と、藤兵衛は答えたが、むろん、その言葉の裏には、自分だけに云い聞かせる理由が含まれていた。そんなことは釜木には分らない。

「やはり問題は煙管の出所ですか？」

酒が来て、藤兵衛の盃に銚子を傾けてから釜木は訊いた。

「さあ」

藤兵衛は曖昧《あいまい》な顔になった。

「それとも、煙管の出どころは分ったが、下手人の手がかりが摑《つか》めぬというところですか？」

「さあ、ま、そんなところです」

藤兵衛は仕方なく答えた。

「そう聞くと、よっぽど難物のようですな」

川からは、向う岸の船宿の名を呼んでいる船頭の声が聞えていた。

「親分に見せてもらった煙管のことですがね」

何を思い出したか、釜木が急に云い出した。

「わたしがあれを描き取ったものを見せたところ、その煙管とそっくり同じものを見たという人間が現れましたよ」

「え？」

思わず盃を置いたことである。

「そ、そりゃ」と、急《せ》きこんで、「どなたでしょうか？」

釜木はふところから紙入れを取出した。中から四つにたたんだうすい紙をひろげたのが、藤兵衛の家で写し取った煙管の図だった。藤兵衛は、一瞬、うつろな気になった。その現物は彼の手もとには、もはや、無いのである。

「これを見せて、見おぼえがあると云ったのは……」釜木は急に声を低め、「大奥に勤めている娘ですがね」

「大奥の？」

藤兵衛は、眼の前に何か閃光を見たような気がした。

「釜木さま、そりゃどういうお方ですか？」

藤兵衛もわれを忘れて訊いた。この瞬間には、同心の川島の言葉も意識から消えていた。これまで探索という仕事一途に打込んだ藤兵衛である。

「神田に出雲屋という菓子屋がありますがね。そこの娘にお島という今年十七になるのがいます。父親は新右衛門といい、わたしの父親のもとに以前からよく出入りしていた男で、わたしも娘はよく知っています。そのお島は、いま、大奥の局《つぼね》に多聞《たもん》となって奉公していますよ」

多聞というのは、大奥の高級女中に付けられた私的な召使で、正式の職ではない。町方から行儀見習に出る者は、高級女中の部屋に入ってこまごまとした用事をする。多聞という名の出所は分らないが、別名、部屋子ともいった。大奥の女中が一生奉公であるのに対し、部屋子は二年とか三年とか一応の年季が決まっている。そのほか、家の事情では随時に暇を取っていいことになっていた。

要するに、嫁入り前の娘が行儀を見習うための修業であった。

「そんなわけで、お島は仕えている主人からときどき暇を貰《もら》っては宿さがりをしている。この前から病気になりましてね、ここのところずっと親もとに休んでいるが、わたしの描いた下手な、この煙管の絵図面をお島に見せたものです」

「………」

「すると、お島は、たしかに見たことのある煙管だと云うのですよ」

藤兵衛は思わず膝を乗り出していた。

「釜木さま、そのお島さんという娘御の仕えているお女中は、何とおっしゃるのでしょうか？」

「大奥のことはあまり大びらに明かしてはいけないことになっているが、親分なら打明けてもいいでしょう。お島の主人は、中﨟《ちゅうろう》の浦風という人です」

「浦風さま」

藤兵衛は、その名前を頭の中に刻みこむように呟いた。

「その煙管は浦風さまが持っていたと、お島は云うんですがね。わたしの描いた絵を見せたら、彫りの模様などそっくりだと云っていました。しかも、特別に作らせたものだというのです」

釜木は云った。

「………」

藤兵衛は耳を澄まして聞いていた。

「お島がそれを知っているのは、主人の浦風さまから見せられて、いろいろ話も聞いたというんです。煙管は浦風さまが自慢に持っておられて、お美代の方さまにもお見せしたそうですからね」

「お美代の方さまに？」

藤兵衛は仰天した。この高名な中﨟は、大御所家斉の愛妾で、大奥では権勢ならびない。それは、すでに下々にまで知れ渡っている。世間では、お美代の方さまの胸三寸から老中の任免まで決まると噂している。藤兵衛にとって雲の上の名前であった。

「こう云っただけでは事情が分るまいがね」

と、釜木は藤兵衛の表情を見て微笑して云った。「その浦風さまという中﨟は、お美代の方さまの大のお気に入りだそうな。浦風さまはお美代の方さまの相談相手でもあり、話相手でもある。それくらいだから、浦風さまの頼みごともほとんどお美代の方さまに聞き入れられている。……これはお島の話ですがね」

藤兵衛の前に一筋の道が見えてきた。

小川町の駒木根大内記がいい役を狙ってしきりと運動しているというのに、これが結びつく。駒木根は現在の役では満足せず、もっと有利な地位を狙っている。そのために、事情を知った者には、野心のある男だとみられていた。

お美代の方に親しい浦風――その浦風が持っていた煙管――その煙管を入れる袋を誂えた駒木根の用人伊東伝蔵。

藤兵衛が、呆然としていると、

「この煙管をだれが浦風さまに差上げたかは、わたしは知らない」と釜木の声が笑った。「なにしろ、お島もそこまでは分ってないようでしたからな」

「……」

「そこで不思議なのは、どうして、その煙管を、いや、正確に云うと、それに似た煙管を屋根師の惣六が持っていたかということだ」

「……」

「浦風さまのところにその煙管が残っていれば、惣六の持っていたのは、それと同じような別ものということになる。だが、浦風さまのところに現物が無かったら、これはちと厄介なことになりますな。屋根師の職人の手にどうして煙管が天降《あまくだ》ったかですよ」

釜木は、腕組みしている藤兵衛に、例の人なつこい眼を向けた。

「……」

藤兵衛に分らないのもそのことであった。もっとも、いままでにも、大奥女中の線が浮ばないでもなかったが、実際には、大名屋敷の奥か、大身の旗本の内証だと思っていたので、いよいよ、その辺の推察が分らなくなってきた。

「親分」と、釜木は、藤兵衛の表情を見つづけて云った。「惣六という職人は、死ぬ前まで、大奥の局の屋根を直していたそうですな？」

「へえ……」

それは知っていた。知っているだけに藤兵衛は釜木が何を云い出すのか早くも分った。怖ろしい想像である。これまでは、もしかすると、惣六がどこぞに落ちていた煙管を拾ったのではないかと思っていたが、新しい推量は、そんな単純なものではなかった。

中藺浦風と屋根職人の惣六。――

こう結びつけて、藤兵衛自身がさっと顔色を変えたことである。同時に、この探索から手を引けと云った同心川島の顔が泛《うか》んできた。

「親分」と、釜木は、顔色を変えて黙っている藤兵衛に云った。「ひとつ、そのお島という知り合いの娘に会ってみてはどうですかね。少しは手がかりになるかもしれませんよ。もし、そのお気持なら、わたしが取計らいましょう」

藤兵衛は膝を直して頭を下げた。

「ご親切なお言葉でございます。しかし、せっかくですが、それはご無用にお願いします」

「なに、必要はないと云われるのか？」

釜木が不思議そうな眼をあげた。

「てまえは、この探索にはもう関わりたくないのでございます」

「親分」おどろいたように釜木が云った。「そりゃどういうわけです？」

「何も聞いて下さいますな。しばらく探索のほうも休ませてもらうつもりです」

釜木はあとの問を発しないで、まじまじと藤兵衛の顔を見ていた。

そこに代りの銚子を持って現れた女中が、客の二人に云った。

「ただいま、中野碩翁さまがお城からお帰りでございます。障子を細めにあけて川のほうをごらん下さいまし。世間に名高いギヤマンの障子をつけた屋形船が通ります」

中野碩翁とは、いうまでもなく、お美代の方の養父である。

## 屋形船

### 1

料理屋の女中に云われて、藤兵衛と釜木進一郎とは大川に対《むか》った障子をあけた。女中がうろたえて、もう少し細めにしてくれと云ったが、釜木は笑って応えない。折りしも川面には夕陽が落ちて水が光っていたが、それよりも眩しいのは、大きな屋形船に閉《た》てた障子が一面に紅く輝いていることだった。まるでそこにもう一つの夕陽があるような燃えかただった。さすがの藤兵衛も、あっ、と思って見つめた。

「豪勢なものだな。どんな金持でも、あのような障子を持っている者はない」

と、横の釜木が呟いた。障子の紙のところが硝子《ガラス》になっているので、これが、夕陽を真正面に受けているのである。硝子は舶来で、南蛮渡来のギヤマンという。それが見ているうちに川をゆるやかに上ってゆくのだった。

「どうせ、どこかの大名の進物に違いない」

と、釜木はこの珍品のことを云った。船の屋根もまるで茶屋のように檜皮葺《ひわだぶき》で、しかも、侘びをつけるためか苔を植えている。船頭にとっては迷惑な話で、屋根に上って長い棹《さお》を川底に突き立てる操作に苦しんでいた。屋形船のうしろには、三人の武士が乗った小舟が従っている。警固の人間でもあろうか。

「いま、お城から退ったとみえるな」

と、釜木は、その屋形船の主人《あるじ》中野碩翁のことを云った。

「あのくらいになると気儘《きまま》なものだ。勝手なときに登城してお側近くをうろうろしていれば、自然と大金が入ってくる仕掛けになっている」

前にも書いた通り、碩翁は、その養女お美代の方を家斉の側に出し、大御所の寵愛を受けてからは、めきめきと権力を持つようになった。当時の家斉は、隠居してからも、将軍家慶《いえよし》には実権を譲らず、いわゆる大御所政治を布《し》いていた。将軍といっても空名《くうめい》で、家慶はさながら部屋住みの身と同様だった。諸大名や幕府の高級官僚は争って大御所にもっぱら取入ったが、家斉を操るものがお美代の方と分ってからは、彼女の機嫌取りに汲々とした。のちの老中で有名な水野越前守忠邦でさえ、はじめはお美代の方に縋《すが》ってようやく老中の席を得たくらいだった。

中野碩翁は、現役のときは小納戸役《こなんどやく》にすぎなかったが、お美代の方のおかげで、隠居して碩翁と名乗ってからも家斉の相談相手として勝手なときに登城できた。これがどれだけ諸人に怖れられたか分らない。碩翁の耳打ち一つで家斉の意志が動くと思われた。出世するのも、左遷させられるのも、お美代の方と家斉とを二重に操る碩翁の胸三寸にあると取られ、彼のもとには公然と賄賂が運ばれてゆく。

当時は賄賂政治、人目に隠れて暮夜密《ひそ》かに持込むということはなく、公然たる贈収賄であった。そのことを書いた「五月雨《さみだれ》草紙」という評判記があるが、その一節を現代文にして出してみよう。

「駿河台御小納戸隠居の中野播磨守は、のちに法体となって碩翁と云ったが、どうしたわけか、隠居になっても再勤同様に登城している。世間の噂では、大御所の御相談相手ということだ。本所向島へ大そうな下屋敷を造り、権門の輩が日夜この屋敷に群集している。北本所辺は、この人のために家業を開き、繁昌して財貨をためる者が数少なくないということである。進物のこしらえどころもたくさん出来ているが、その中に深川の船橋屋織江という菓子屋がある。つづいては本所の松の鮓《ずし》、堺町の金竹輪ずしなどがある。そのほか、江戸でぜいたくな食べもの屋、器物を売る店など、すべて進物用の専門店が出来ている。浅草には八百善《やおぜん》をはじめ、料理茶屋が夥《おびただ》しく出来て、芝の通りから筋違《すじかい》見付の内外、そのほか、横丁横丁の辺鄙《へんぴ》な所に至るまで、酒店、餅屋の類何百軒という数である。遊客、俳人、狂歌師など一芸一能の輩はもとより、片田舎の土俗、文盲愚鈍のしれものは、両国辺、浅草、本所、深川、亀戸、押上、麻布、目黒辺、北は王子、滝野川など、はては大塚、巣鴨、日暮しの里、谷中、根津など辺鄙な所まで風流な家を造り、庭園をしつらえ、婦女を抱え置いている有様など、野原山林もさながら都会と異ならない町なみとなっている」

つまり、江戸風流の起りは、すべてこうした賄賂政策の所産だったといっても云いすぎではない。八百善などの料理屋が猟官運動や利権運動の談合場として利用されたから、江戸の懐石料理が発達した。そのほかの高級料理にしても、名菓にしても、茶席にしても、すべて粋を凝らしたものが喜ばれた結果発達したものである。江戸の文化は、皮肉に見ると賄賂政策のおかげだということもできる。

さて、釜木進一郎と藤兵衛とは障子を閉めて席に戻った。藤兵衛は銚子を取り上げて釜木にすすめた。釜木がそれを藤兵衛に返す。

「親分」と釜木は云った。「さっきの話だが、あんたが探索を急にやめるというのは、上のほうの命令があったからじゃありませんか？　上のほうがどこかに斟酌《しんしゃく》をしたからでしょうな。そうだとすると、張本人は案外、いまのギヤマンの障子の奥にいた年寄りかもしれませんな」

藤兵衛は黙って盃を含んでいる。

「いや、こう云ったからといって、わたしは別に向島の年寄りが自分から探索の中止を云い出したとは思いませんよ。だが、はたでいろいろと年寄りに気をつかっている者が多いですからな。その連中の一人が気を利かして奉行所の上のほうに何か云ったかもしれない。人の鼻息を窺《うかが》う連中は、えてして先走りするものですからな」

「………」

「藤兵衛親分、どうでしょう、つづきをひとつやってくれませんか。実は、親分でなければ、こういうむずかしい一件を捌《さば》く者はいないと思っていますがね」

「見込んでいただいてありがたい話だが」と、藤兵衛は盃を置いて頭をかいた。

「どうも少々お買被りのようです。実は、面目ない話ですが例の煙管を取上げられちまったんで」

「えっ、やっぱり……」

「そんなわけで、これでもうぼつぼつ足を洗おうと思ってるところです」

「そいつはいけない」と、釜木は云った。「また妙に気が弱くなったものですな。まさか今度抑えつけられて嫌気がさしたわけでもないでしょう。隠居するような年ごろでもないし、わたしが訪ねて行ったときは大ぶん乗気のようじゃなかったですか」

「あっしらは、ご承知のように、旦那がたに云われて働いているのです。こっちのほうはやめてくれと云われたら、こいつは引き退《さが》るほかはありません」

「しかし、かえって、そのほうが自由にやれるんじゃないですか。いや、いろいろと八丁堀の意向を聞いてやるよりも、自分の思うままに動けそうなはずですがね」

「釜木の旦那、そりゃ間違っています。あっしらは朱房の十手を預っている身、お上のほうでやってはならぬと云われたら、この十手の振りようもねえわけです。そうなっちゃ手も足も出ませんよ」

「惜しいことだ」と、釜木は太い息を吐いた。「もし、あんたがやるのだったら、わたしが手伝ってもいいと思っているくらいだ」

「え、旦那が？」と、藤兵衛はちょっと眼をあげたが、「いや、よそう。そう云って下さるのはありがたいが、ここでいろいろなことを聞けば、また助平根性が起きそうです。もし、この一件で手伝って下さるお気持があるなら、あっしの代りをしてくれる別な岡っ引に、そう云ってやることですね」

「無駄だろうな」と、釜木は答えた。「わたしはあんたよりほかに信用している人間がないんでね」

「……」

「藤兵衛親分、どうだね、みんなのために、ひとつ裸になって働くつもりはありませんか？」

「……」

「簡単な話、二人の人が殺されている。いくら上のほうの取引があったにしても、奉行所としては頰被《ほおかぶ》りはできぬわけだ。わたしがおそれるのは、ここで罪もない人間が替玉にされることです」

「……」

「これが怖ろしい。ほかの岡っ引だと、上のほうの云いなりになって縄をかけるかもしれない。だが、あんたなら、それが防げる。わたしが藤兵衛親分に頼んでいるのはこのことだ」

藤兵衛は、盃を煙管にかえた。おだやかな顔だったが、皮肉な微笑で相手を眺め返した。

「どうおっしゃっても、あっしの力の及ばない話です。岡っ引というのは弱い人間でしてね。いえ、人さまには威張りますが、頭をおさえつけられている人間には意気地《いくじ》がありませんよ」

「ははあ」

と、釜木進一郎は、そうした相手を静かな眼で見ていた。

「せっかくですが、やっぱりあっしは引っこみましょう。人間、分《ぶん》を心得てませんとね。よけいな背伸びは禁物でございます」

藤兵衛は、吸口を放して口から煙を吐いた。

「これから朝顔の時期になります。あっしの愉しみはそれでしてね、大輪を咲かせるのがこれで得意なんでございますよ。釜木の旦那、時折り遊びにおいでになって見てやって下さいまし」

## 2

藤兵衛が釜木と別れて家に戻ると、幸太がぼんやりと彼を待っていた。

「お帰んなさい」

と、幸太は読んでいた絵草紙を傍らにのけた。

「だいぶん待ったのか？」

「いえ、小半刻ばかりです」

「おい、お条、冷たい水で絞った手拭を持ってきてくれ」

と、藤兵衛は縁側に立った。肌脱ぎになって、女房の持ってきた手拭で胸から腋《わき》の下をふくと、

「めっぽう暑くなってきたな」

と、ひとりごとのように云った。重い心がよけいに暑さを感じさせた。

「親分、例の釜木という小普請のことですが、どうにか洗ってきました」

と、幸太は早速口を開いた。

「うむ」

藤兵衛は、浴衣に着更えて幸太の前に坐った。煙管を取上げたが、はずまない気持は、幸太にもその顔色で分ったとみえ、彼はちょっと怪訝《けげん》そうな眼をした。が、とにかく話をつづけた。

「釜木という人は、近所ではなかなか評判がいいようです。さっぱりしていて、素行も悪くありません。近ごろのような、ならず者みてえな旗本の次三男とはだいぶ

ん出来が違うようです。なんでも、いい旗本から養子の口が降るようにあるそうですが、当人、どれも嫌って独りでいます。まあ、養子の口が多かったのは、なかなかの色男だそうですから、それもだいぶん申込みの中に入っているようです」

「…………」

浮かぬ顔をして黙って聞いている藤兵衛に幸太は出ばなを押えられたようになったが、話をやめるわけにもゆかないようだ。

「矢場の女や水茶屋の女にもきっともてるに違いありません。だが、浮いた噂のねえのは感心なものです」

「そうか」

藤兵衛の返事は相変らず煮え切らない。だが、幸太の報告による釜木の人物像は、彼の胸にこころよいものを与えた。たったいま会ってきた彼の印象と寸分違わない裏打ちだった。

「だから、親分、釜木という侍は信用してもいいんじゃありませんかね。なかなか頭も切れそうです」

「幸太、おめえの話はそれだけか？」

それだけならもう聞かないでもいい、と云いかけたとき、幸太の声が先だった。

「いえ、まだ話は残っています」

「何だ？」

「釜木さんのことだけでは勿体ねえと思いましたので、足のついでに小川町に回ってきましたよ。例の駒木根大内記さまの用人伊東伝蔵さんのことですが」

「……」

「昨夜、伊東さんが屋敷から出たかどうかが、娘義太夫のお春の一件に関係がありますからね。少し近所をほじくってみました」

「近所でそんなことがわかるのかえ？」

「駒木根大内記さまの屋敷の中には家来衆の住まいがあります。あれくらいの大身になると、小さな大名ですね。組屋敷みたいなのが別棟にあります。そこで、前から少し眼をつけておいた折助を呼び出し、訊いてみたんです。その折助は中間部《ちゅうげんべ》屋《や》にごろごろしているので伊東さんの様子が分ると思い、カマをかけてみたところ、なんでも、昨夜六ツ半（午後七時）ごろ、伊東さんが屋敷を出て行ったのを見たと云ってました」

「なに、ひとりで出たのか？」

「へえ。その折助は、伊東さんがちょいちょい夜ひとりで出かけるのを知っていたので、どこかに好きな女を囲っているると推量しているようです。それで、ははあ、今夜も例のところに行くのだな、と思って見送ったといいます」

「で、伊東さんはいつごろ帰って来たのだ？」

「そいつがどうも分りません。折助は口を濁していましたが、あっしの考えじゃ、中間部屋で朋輩と博奕でもはじめたのじゃねえかと思います。勝負に夢中になって伊東さんの帰りまでは気がつかなかったのでしょう」

「うむ」

「親分、いつ帰ったか分らねえにしても、これだけでも伊東さんはおかしいじゃありませんか。六ツ半に出て行ったとすれば、娘義太夫が殺された時刻までは一刻とちょっとぐらいです。太夫の帰りはいつも分ってるはずですから、その辺でぶらぶらして待っていれば、丁度間に合うわけです。……親分、思い切って伊東さんをほじくってみたらどうです？」

「せっかくだが」と、藤兵衛はニベもなく云った。「この一件はもうよしだ」

「えっ、何ですって？」

「幸太、実は昨日、川島の旦那に呼びつけられて、そう言われたのだ。お春殺しの現場でも、おれはすっかり引導を渡された。つまり、この一件は縄張りの上から紺屋の吉次に譲り渡して、おれには一切手を引けというお言葉だった」

「親分」と、幸太は顔色を変え、膝を乗り出した。「そりゃどういう辻占《つじうら》ですかえ？」

「辻占だか判じ絵だかおれには分らねえが、川島の旦那にそう云われてみりゃ、こっちは返す言葉もねえ。あっさり紺屋に渡して引き揚げたよ」

「だが、親分、そいつはちっとばかり筋が違やしませんかね。なるほど、娘義太夫の殺しは縄張りからいって紺屋の受持ちかもしれねえ。だが、だれが見ても、この殺しは大川で殺された惣六と仙造から筋をひいている。娘義太夫の殺しだけが特別誂えにぽっかりと浮んできたんじゃねえ。糸はちゃんと前からつながっている。それを受持ってきたのが親分だ。そいつをいまになって手を引けというのは、川島の旦那の気持が分らねえ」

「……」

「親分の前だが、紺屋のはまだ年も若えし、年季が浅え。口はばったいようだが、とてもこの難物に取組めるほどの器量人じゃねえ。そいつは川島の旦那にも分ってるはずだ。だから、いよいよあっしにはわけが分りませんぜ。それで、親分は何も云わねえであっさりと引き退ったんですかい？」

「うるせえ、幸太」

と、藤兵衛は煙管の雁首で火鉢を叩いた。

「つべこべ云うな。奉行所のほうにはそれぞれお考えがあることだ。三下のてめえの料簡でつまらねえことをしゃべるんじゃねえぞ」

「ですが、親分……」

「なにを口惜しそうな顔をしやァがる。おれはもうこれに嫌気がさしているのだ。おめえがそこでいくらしゃべろうと、もうおれの心は決まっている」

「決まっているというのは？」

「知れたことよ。これからのんびりとするのだ。なにも根気を磨《す》りへらしてむずかしい仕事をしねえでもいい。そのぶん、お手当てがよけいに出るわけじゃねえ。まあ、こちとらは、掏摸《すり》か小盗人をひっ括《くく》っていれば無事というものよ」

「へえ……」

幸太は藤兵衛の見幕にびっくりして口を閉じた。だが、不服そうに両手を膝にこすりつけていた。

おそらく叱られた幸太にも、藤兵衛の不平は分ったに違いない。いや、その不平が、同心の川島による理不尽な探索中止命令から出ていること、さらに、その理不尽さがお上《かみ》の何かの「都合」によって起っていることくらいは察したであろう。

幸太は最後に苦笑いして、

「どうもいけねえ。今日は親分の機嫌が悪いようだから、引き揚げます」

と、膝を起した。

戸口のほうでは幸太がお条に、どうも親分の虫の居どころが悪いようだから退散です、と笑いながら云っている声が聞えた。

藤兵衛は、狭い庭の正面に見える塀に顔を向けてむっつりとしていた。胸の中にはおさまりのつかない思いが泛ぶ。煮え湯を呑まされたような気持だった。同心の川島の皮肉な微笑が目に映ってくる。よし、手を引こうと改めて決心した。が、それがいつの間にか、これまでの探索の経過を振り返り、手がかりを求めようとしている自分に気づく。

藤兵衛は釜木のことを考えた。いっそ、あの男の云うように、同心の川島を離れて自由な立場で、この先を追ってゆきたいような誘惑が起る。なんとしても中途はんぱな投げ出しかたでは気持が承知しないのである。釜木が手伝いたいと申込んだ言葉も、この気持を煽《あお》った。あの男なら協力者として頼もしいように思える。

だが、一方では眼に見えない圧力を考えるのである。川島の云ったことは彼だけの考えではない。もっと別なものがうしろに控えて、川島にそう云わせている。釜木といっしょに見た屋形船が眼に戻ってくる。その奥に坐っている巨人の姿がある。藤兵衛は、もとより保守的な人間だった。冒険をしてまでもという意欲はなかった。分別臭い年齢でもあるし、がむしゃらに破滅に向う若さは昔のことであった。

# 再び乗出す

## 1

夢の中で女房がだれかと話をしている声が聞えた。遠いその声がだんだんに近くなって、

「もし、おまえさん」

と、藤兵衛は揺り起された。眼をあけると、お粂の顔が上からのぞいていた。

「もし、お客さんですよ」

あたりはいつの間にかうす暗くなっている。もうそろそろ秋の気配である。藤兵衛は手脚を伸ばした。

「だれだ？」

「向両国のお絹さんとかいう人のおふくろさんが見えました」

「なに、お絹の？」

水茶屋の女中で、舟で殺された屋根職人の惣六と出来合っている女だとすぐに分った。いつぞや、橋番の小屋で調べたことがある。その色の白い顔が思い出された。

藤兵衛は眼が醒めた。

「そのお絹のおふくろさんが、どういう用事でおれを訪ねてきたのだ？」

「お絹さんが、たったいま、紺屋の吉次さんに縛られて行ったそうです。それで、おふくろさんが泣きこんで来てるんです」

「なに、お絹が？」藤兵衛は起き上がった。

「すぐにこっちへ通してくれ」

お条は一人の老婆を案内してきた。行灯《あんどん》に灯を入れると、六十くらいの小さな身体の老婆が眼を泣き腫《は》らして坐っていた。

「おれが藤兵衛だが、おまえさんはお絹さんのおふくろさんかえ？」

と、藤兵衛はやさしく訊いた。

「はい、そうでございます」

と、老婆はふところから手拭を出して顔をおさえた。

「いま、ちらりと女房から聞いたのだが、お絹さんが本所の岡っ引にしょっぴかれて行ったというのは本当かえ？」

「親分さん、お絹はお縄を受けるような悪いことはしておりません。何かの間違いでございます。どうぞ助けてやっておくんなさい」

と、老婆は眼も鼻も涙でぐしゃぐしゃに濡らして云った。

「藪《やぶ》から棒にそう云われても、何とも返事は出来ねえ。一体、どうした次第か、その様子を話してみてくれ」

「はい。実は、小半刻前に、紺屋の親分がいきなり子分衆二人をつれてわたしの家に乗りこんでみえました。お絹は、この前から気分が悪くて寝たり起きたりしておりましたが、紺屋の親分が出し抜けにお絹に訊きたいことがあるとおっしゃるものですから、お絹が何気なく奥から出ますと、いきなりその手をねじあげてお縄をおかけになったのでございます。あまりのことにお絹も声が出ずにおりましたが、わたしも腰が抜けそうでございました」

「そうか」

藤兵衛の脳裏に電光のように走るものがあった。

「で、お絹はどんな悪いことをして紺屋に引っぱられて行ったのだ？」

「はい、なんでも、向両国の小屋に出ていた娘義太夫のお春さんを殺した疑いだそうでございます。紺屋の親分はお絹に、おまえはお春に恨みがあったのだろう、お春が殺された近所でおまえを見たという証人もある、さあ、いっしょについてこいと、物凄い見幕でございました」

やっぱりそうかと、藤兵衛は思った。紺屋がお絹をお春殺しの嫌疑で捕えたのは、多分、彼自身の働きからではあるまい。同心の川島のうすい唇が藤兵衛には泛ぶのである。

なぜ、お絹が眼をつけられたか。藤兵衛は前に川島に、惣六が殺されたとき彼と仲のいい女の名を報告したが、おそらく、それが川島の記憶に残っていて、お絹に下手人の矢を当てたのではなかろうか。

藤兵衛は、先日の釜木の言葉を耳に蘇《よみがえ》らせないわけにはいかなかった。うかうかすると無実の者が身替りにされる、と釜木は云ったのだ。それが現実になって現れている。

「そりゃ災難だったな」と、藤兵衛は腕を組み、「だが、おふくろさん、あの日、娘義太夫のお春が殺されたのは、たしか小屋が終演《はね》てからだ。その時刻、お絹はおめえの家に居なかったのかえ?」

「とんでもございません」と、老婆は激しく手を振った。「あれはずっとわたしの家におりました。前から身体のかげんが悪くてぶらぶらしていたものですから、昼間も一歩《ひとあし》も外に出ていません。まして夜、あの子が家をあけるというようなことはございません。あの日は五ツ（午後八時）ごろから早寝をしましたし、わたしもずっと次の間に寝ていましたから、間違いはございません」

「それならおめえは、なぜ、それを紺屋に云わなかったのかえ？」

「紺屋の親分さんにそれを申しあげましたが、どうしてもお聞き入れありません。母娘《おやこ》だからぐるになっているのだろうと、怖ろしい顔で睨《にら》みつけられました。……もう、こうなっては、こちらの親分さんにお縋《すが》りするほかはないと思い、こうやってお邪魔に上がった次第でございます」

「どうしておれを見込んだのだえ？」

「はい、惣六さんが殺された一件でお絹も親分さんからいろいろきかれたそうですが、そのとき、とても親切なお方だとお絹が云ったのを思い出しましたので……」

「そうか」

藤兵衛はしばらく考えたが、

「とにかく、どういう事情か、おれが紺屋の吉次に会って、よく聞いてやろうじゃねえか」

と云った。老婆は、それを聞くと、

「どうぞ、親分さん、お助け下さいませ」

と、涙を流し、手を合わせた。

「おめえも稼人《かせぎにん》の一人娘を奪《と》られてしまっては心細いだろうな」

「ほんとでございます。わたしはお絹に万一のことがあれば、いっそ先に首を括《くく》って死んでしまいとうございます」

「まあ、そう短気を出すもんじゃねえ。とにかく様子だけ聞いてみるから、明日またここに出直してくれ」

「よろしくお願いします」

と、老婆は何度も頭を下げて帰って行った。

お条が、

「ほんとに、あのお婆さんは可哀想ですね。娘さんは、そんな人殺しなどする人でしょうか？」

と、気遣わしそうに訊いた。

「人は見かけによらねえというから、調べてみるまでは何とも云えねえ。とにかく、これから紺屋のところに行ってくる」

と、藤兵衛は羽織を出させた。お粂も人助けだと思ったか、久しぶりに出かける藤兵衛の背中にいそいそと切火を鳴らした。

藤兵衛が紺屋の家に行くと、吉次は座敷で若い女房を相手に晩酌をしていた。

「こりゃ、小父さん、おいでなさい」

と、吉次は藤兵衛の入来に意外な顔をしたが、予期したようなところもあった。

「せっかく愉しみのところ、すまねえ。実は、ちょいとものを訊きに来たんだがね」

「お絹の一件ですかえ?」

と、吉次のほうが先回りをした。

「図星だ。……この一件は、川島の旦那のお指図でみんなおめえのほうに渡してしまい、おれはもう口出しも出来ねえが、さっきお絹の母親がおれのところに駈込んできてね、愚痴をこぼすから、まあ、どんな次第だか、様子だけは聞いてみようと、つい、人情に負かされて口約束したのだ。その手前、何とかおふくろのほうに恰好をつけなきゃならねえ。まあ、御用に差支えねえところで教えてくれ」

「せっかくだが、小父さん」

と、吉次は勘弁してくれというように手を振って、

「まだ調べている最中だから、いくら小父さんでも、もうしばらく待っておくんなせえ」

と云った。

「なるほどな。御用の筋とあれば、いくら仲間のおれでも、そう立入っても聞けめえ。だが、いまも云う通り、おふくろもだいぶ心配している。やっぱり、何かえ、お春を殺した疑いは動かねえかえ？」

「うむ、おいらの見込みは、間違いはねえと思っている」

吉次は云い切ったが、いくらか間が悪そうにしていた。

「おふくろの話では、お絹はあの夜一歩も外に出なかったと云っている。おめえのほうでは、むろん、そこまで調べているだろうが……」

「なに、身内の云うことなんざアテにならねえ。それは小父さんがだれよりもよく分っているはずだ」

「ちげえねえ。おおきにそうだった。だが、紺屋の。いくら身内でも十把《じっぱ》ひとからげで、その云うことが信用できねえとはおれも思ってねえのだがな。その中には正直な者もいる。そいつを見分けるのが岡っ引の仕事だ。と、まあ、こいつはとんだ講釈だが、おめえの見込みでは、お絹のおふくろは嘘つきだと思うのかい？」

「うむ、あのばばあはアテにならねえ。まともには聞いていられねえ」

　と、吉次は云った。

「そうか。それじゃ、お春が小屋から戻ってくる時刻にお絹が家に居なかったというわけだな。それなら、お絹は何でお春を殺したと思うのかえ？」

「小父さんも知っての通り、舟で死んだ屋根師の職人惣六は、お絹とお春と両方の女を持っていた。女二人からみれば、恋の鞘当《さやあ》てをつづけて、互いが憎み合っていたのさ。だから、お絹が思い切ってお春を殺したのも不思議はねえ」

「はてね。惣六が生きているときなら、その理屈は分るが、当人が死んでしまえば、恋敵《こいがたき》を殺すほどのこともねえと思うがな」

「………」

　紺屋の吉次はむっつりと黙った。

「お春が殺される前に、現場の近くでお絹の姿を見たという証人があるそうだが、それもおまえのほうでちゃんと押えているのかえ？」

「………」

「やっぱり近所の人かえ？」

　と、藤兵衛が訊いたとき、紺屋の吉次は憤ったような声で答えた。

「小父さん、もう勘弁してくれ。お互い御用の筋だ。いくら親しい間でも、云っていいことと悪いことがあらァな」

藤兵衛は静かに煙管を包み仕舞った。

「おおきに、こいつはおれが悪かった。年甲斐もねえ。まあ、ゆるしてくれ」と、笑った。「なに、お絹のおふくろに泣きつかれて、おれも人情負けしたのだ。悪く思わないでくれ」

「小父さん、すまねえな」

と、吉次も云いすぎたと思ったか、草履をはく藤兵衛のうしろから謝った。

吉次の云ったことを、藤兵衛は道々心の中で繰返した。結局、吉次は、お絹を動かぬ証拠で捕えたのでもなく、またはっきりした見込みで捕えたのでもないことが分った。自信のない彼の言葉が何よりそれを証明していると思った。やはり、若い彼が同心の川島に顫《あご》で使われたとしか考えられない。

家に戻ると、幸太がじりじりとして待っていた。

「親分、えらいことが起った」彼は藤兵衛の顔を見るなり叫んだ。

「小川町の駒木根さまの屋敷で騒動が持ち上がりましたぜ……」

2

藤兵衛は、幸太が顔色を変えて叫んだので、

「どうした？」

と、思わず鋭く訊き返した。

「用人の伊東伝蔵が腹を切ったようですぜ」

幸太は早口に言った。

「何だと、伊東伝蔵が切腹したのか？」

と、藤兵衛もこれにはおどろいた。

「へえ。駒木根屋敷では表向きにはしていませんが、例の折助の話では間違いねえようです。何でも昨夜遅く死んだそうで、今朝表向きには急病ということで目付の検視を受けたそうです」

「ふうむ」

藤兵衛も思わず溜息をついた。

「とうとうやったか」

伊東伝蔵が追い詰められていたことは藤兵衛もうすうす察していた。彼の身辺を探索していることは、先方には分っている。殊に彼と特別な関係にある娘義太夫のお春が殺されてから、よけいに窮地に陥っていたようだ。

「ねえ、親分、やっぱり伊東伝蔵はお春を殺《や》ったために逃れようがなく腹を切ったのでしょうかね？」

幸太が藤兵衛をのぞくようにして訊いた。

「まだ何ともよく分らねえ」

藤兵衛は軽々しくは返事せず、

「旗本屋敷の中で起ったことだ、おいらが気を揉《も》んでも仕方があるめえ」

と投げ出すように云った。

もちろん、旗本屋敷の椿事《ちんじ》は町方で軽々に入ることはできない。一切は幕府の目付が取扱い、その司法権内に入っている。おそらく、駒木根の屋敷でも目付に特別な計らいを頼み、用人の自殺を病死ということに取繕《とりつくろ》ったに違いなかった。そうなれば、ますます町方としても手が出せなくなる。

「だがね、親分、ほかのことじゃありませんぜ」と、幸太は藤兵衛をそそのかすように云った。

「この前からの一件に関わりのある腹切りにちげえねえ。伊東伝蔵は、お春だけじゃねえ、屋根師の職人惣六も、船頭の仙造も殺《や》ったにちげえねえ。例の煙管入れを注文したのは伊東伝蔵だ。そのことからこんがらがってきたので、あっさり三人を、といっても船頭の仙造は巻添えだが、みんな消してしまったにちげえねえ。親分、三人も殺した男が腹を切っただけで幕が下りれば、こんな都合のいいことはねえ。何とか、それまでのいきさつをはっきりしてもらいてえもんです」

幸太は、肝心の伊東が自殺したので、その腹癒《はらい》せから怒っている。

「幸太、せっかくだが、何度も云うように、おれはこの一件からすっかり手をひいているのだ」

と、藤兵衛は煙草盆をひき寄せた。

「お上にもいろいろ都合があることだ。幸太、おめえ、そんなに伊東伝蔵の腹切りが気にかかるなら、川向うの吉次に云ってやるがいいぜ」

と、煙管をくわえる。

「親分。そう云っては何だが、紺屋の二代目じゃ、この一件の埒《らち》はあかねえ」

「そうでもねえぜ。さっきお絹のおふくろが来て、おれに泣きついた。紺屋がお絹をお春殺しの疑いでしょっぴいて行ったそうだ」

「えっ、お絹をしょっぴきましたか？」

と、幸太も初耳で眼をまるくしていた。

「紺屋には紺屋の考えがあるに違えねえ」

「それで、親分はお絹のおふくろには何と云ってやりましたか？」

「知れたことよ。気の毒だが、おれの手には負えねえと、なだめて帰《けえ》ってもらった」

「親分も意気地がねえ」

と、幸太は憤慨し、

「たとえ川島の旦那が何と云おうと、はじめっから一件をいじってきたのは親分だ。紺屋の二代目で埒があく話じゃねえ。川島の旦那の息のかかった紺屋は紺屋、親分は親分で競《せ》り合ってみたらどうですかえ？」

「ばかなことを云うな。こっちは奉行所のお名指しで動く身体だ。勝手な真似は出来ねえ」

「そんなことを云っても、親分、現に無実のお絹がお春殺しの下手人にされて紺屋の手にかかっているんですぜ。みすみすお絹を見殺しにすれば、親分だって寝ざめが悪いにちげえねえ」

「心持はよくねえが、手をひいたおれとしては黙っているよりほかに仕方がねえ。幸太、そういきり立たず、おめえもこの一件を諦めろ」

「いいや、わっちには出来ねえ」と、幸太は激しい口調で、「辻褄《つじつま》の合わねえことで万事仕上げが終ったんじゃ、いつまで経ってもわっちには、歯の間にものが挿《はさ》まってるみてえで気持が悪い。ねえ、親分、娘義太夫のお春や屋根師の惣六殺しは、みんな駒木根の用人のしわざだ。当人は追い詰められて腹を切っている。そいつをお絹になすろうとするのはあんまりだ。それだけでも紺屋に云ってやったらどうですかえ？　向うは若いだけに親分には一目も二目も置いている。親分の云うことなら、きっと聞くにちげえねえ」

「おれの云うことより、紺屋にとっては川島の旦那の口のほうが大切だ。何しろ、あいつは、これからが売出しだからな」

「そうすると、川島の旦那がお絹を下手人にするように紺屋に云ったのですかい？」

「そこのところは分らねえ。だが、もし、そうだとしても、お上にもいろいろと都合のあることだ。なにもそれに楯突《たてつ》くことはねえ。長《なげ》えものには巻かれろのたとえもある。この年になって、求めて傷を吹くことはねえ。日向ぼっこをして盆栽でもいじったほうが命冥加《みようが》というものだ」

藤兵衛の眼には、隅田川の上をすべってゆく豪華な屋形船が残っていた。すべての根源は、そこに結集されているように思える。権力の象徴であり、不合理の発源地だった。

同時に、抵抗出来ない無気力感に陥る。

それにしても、用人伊東伝蔵はなぜ自殺したのだろうか。果して幸太が云うように娘義太夫お春を殺したため、その呵責《かしやく》に耐えかねて死んだのか、それとも、いずれは探索によって追い詰められると知り、主人駒木根大内記の家名に迷惑をかけると思って自ら死を択《えら》んだのか。

たしかに惣六が持っていた煙管は伊東伝蔵が誂えた品だ。その行先が分らなかったが、あの不思議な小普請の釜木進一郎の話によって、それが将軍家の愛妾お美代の方の最もお気に入りの女中、浦風という中﨟に納まっていたことが分った。むろん、野心のある駒木根大内記が、出世の手づるとして浦風に贈呈したものである。

浦風からお美代の方に駒木根のことをよろしくと云えば、彼の出世も極めて可能性があることになる。つまり、煙管は用人伊東伝蔵が調達したが、その品を浦風に贈ったのは駒木根大内記自身なのである。

その煙管がどうして惣六に渡ったか。これまで考えてきたように、そのいきさつは二通りある。

惣六が大奥の屋根普請にたずさわっている職人だったので、彼が仕事中にその煙管を庭かどこかで手に入れたことだ。浦風が庭に出て歩いているうちに落したのを惣六が拾ったという推定だ。

しかし、藤兵衛は釜木の話から、そうでないことに気づいてきていた。これは絶対に口外出来ない重大な推察だった。

（もしや、浦風が屋根師の惣六を可愛がって、その煙管を与えたのではなかろうか）

大奥のことは雲の上の話で、藤兵衛にはさっぱり様子が分らない。しかし、宿下りの多聞の話などが一般に伝わって、一つの伝説が出来上がっている。大奥の女中は年中ひとり身だ。その煩悶がときどき珍事になって世間に洩れる。

たとえば、知れ渡っている絵島・生島《いくしま》のように、年寄絵島は役者の生島新五郎に打ちこみ、御台所《みだいどころ》の代参の際、芝居茶屋に駕籠《かご》を止めて、一室で生島を可愛がった。のみならず、彼女は生島を忘れかね、制限された外出のため、生島を葛籠《つづら》に入れて大奥の納入品に見せかけ、わが部屋に運んだ。

これなどはあまりにも有名すぎるが、つい四、五年前のこと、大奥の局《つぼね》から火が出て建物が焼けたことがある。その際火事場跡を添番などが検分したところ、男の黒焦げ死体が出てきた。

男子禁制の局に男の焼死体が出るはずはない。このことは局の中に男が紛《まぎ》れこんでいたことを証明する。女中のなかでこっそり男を手引きして隠していた者があり、突然の火事で逃げ場を失った男が焼け死んだのである。

だが、もとより、役人はこれを公けにしなかった。犬の死体ということにして、穴を掘り、埋めてしまったが、こんなことはどこからともなくひそひそと囁《ささや》かれて洩れるものだ。いまでは世間で公然の秘密になっている。

こんなふうに、あれこれと考え合わせれば、女にもてる色男の屋根師惣六は、浦風に見そめられて、可愛がられたのではあるまいか。

そして浦風が、仕事が終って惣六に、

(これをわたしと思って……)

と、例の駒木根からもらったぜいたくな煙管を渡したのではあるまいか。

それを惣六が自慢にして持っていた。こう考えると、最初推察したような、伊東伝蔵がお春に煙管を与え、お春が好きな惣六に呉《く》れてやったという線はなくなってくる。やはりあれは中藺の浦風から惣六が貰ったものだが、用人の伊東伝蔵は何かのことでそれを知った。

煙管を惣六が持っていては危険である。まかり間違えば駒木根大内記の名前にかかわる。家名を重んじる用人は、舟に乗って夜釣りに出た惣六のあとを尾《つ》け、別な舟で霧の中に追い、船頭もろとも水中に葬ったのであろう。そのとき問題の煙管は川の底に沈んだ。——

では、どうして伊東伝蔵は惣六がその煙管を持っていることを知ったか。

この謎は簡単である。惣六はお春に、その煙管を見せびらかしたことがあったに違いない。そしてお春は、自分に心を寄せて通ってくる伊東伝蔵にそのことを話したのであろう。聞いた伊東伝蔵はびっくりし、捨ててはおけぬと密かに覚悟したのだろう。

お春はなぜ殺されたか。これは、伊東が煙管のことがお春の口からもれるのを永久に隠すためである。お春は惣六がその煙管を大奥女中から貰ってきたことを知っている。そんなことで、伊東はお春も殺したのであろう。

——その晩、藤兵衛はよく眠れなかった。思案はまだそのことにひっかかっている。それに、幸太の云った言葉も彼を寝させなかった。

（親分、無実の人間が下手人にされようとしていますぜ。それでも親分は黙っていなさるつもりか？）

（この一件は、親分ほど詳しい者はいねえ。たとえ川島の旦那から文句を言われても、黙って引っこんでる手はねえ。親分のほうで勝手に探索をつづけなさるがいい。そうしなければ男の一分《いちぶ》が立ちますめえ。なに、紺屋なんぞの手に負えるような生やさしい一件じゃねえ）

幸太の非難するような眼が眼の先にちらついた。

3

翌朝、藤兵衛は朝飯を済ませると、すぐに外に出る支度をさせた。

「今日はどこですかえ？」

と、女房のお条が訊いた。

「うむ、ちょいと用事で行くところがある。ほかの者は明日にでも面《つら》を出させるがいいが、幸太が来たら、おれが帰ってくるまで待っているように云ってくれ。夕方までには戻ってくるつもりだ」

藤兵衛は、そう云いつけて家を出た。彼には釜木進一郎を訪ねてみる気があった。はじめ妙な男が紛れ込んで来たと思ったが、考えれば考えるほど釜木の持っている眼に魅力を感じる。同心の川島正三郎に手足の枷《かせ》を嵌《は》められたいまは、釜木に相談するほかないように思われた。

もとより、これは違法である。同心の川島がやってはならぬと禁じた探索をはじめるのでは、大きく云えば奉行所と対決することになる。だが、それでも構わないような気がしてきた。

藤兵衛にその気持を起させたのは、昨日の幸太の非難であった。無実の人間が曝首《さらしくび》になるかもしれないのだ。知らないうちならともかく、はっきりとそれが分っているから、藤兵衛はだんだんじっとしてはいられなくなった。少々川島の怒りを買っても、とにかく事件の真相を解き、お絹を救ってやらなければと決心したのだったた。

もう一つ釜木を訪ねる理由は、やはりこの探索に関係することだが、釜木は中藺浦風の部屋に住みこんでいる多聞を知っているという。そして、その部屋子の口から例の煙管のことが洩れたのだ。事件を究明するには、どうしてもいま宿下りしているその若い部屋子に会って、浦風がその煙管をどうしたか、そのいきさつを聞いてみたいのである。

朝から強い陽射しになっている道を、藤兵衛は四谷の方角に歩きかけたが、

(待てよ)

と、足を止めた。

釜木を訪ねるのもいい。また、その引合せで浦風のもとに使われている部屋子に会うのもいい。だが、その前にもう一つたしかめておかなければならないことがあるのではないか。

それは、問題の煙管を持っていた惣六の線だった。この線にはいままで一つも手をつけていないのである。

屋根師の和泉屋八右衛門の家は三味線堀《しゃみせんぼり》の近くにある。

藤兵衛がそこまできて狭い路地の間を入ると、空地があって、そこには瓦が山になって広く積み上げられていた。屋根師和泉屋の家は、そのうしろになっていた。

「ごめん下さい」

と、藤兵衛は入った。店の者が出てきたので、

「主人はいるかえ?」

と、彼は訊いた。

「ちょいと用達《ようた》しに出ています」

と、職人らしいのがじろじろと藤兵衛を見て答えた。

「おまえさんはどちらの方ですかえ？」

「わっちは駒形のほうからきた者だが、ちっとばかりおまえさんのところに仕事を頼もうと思ってね。それじゃ、おかみさんはいますかえ？」

職人が奥に引っこむと、四十ばかりの女房が出てきたが、暗い顔をしている。

「どちらさんか知りませんが、うちの人はいませんから、仕事のことなら明日にでも出直して下さい」

と云った。藤兵衛は、

「実は、おかみさん、わっちはこういう者です」

と、ふところから朱房をちょっとのぞかせた。すると、女房の顔が俄《にわ》かに心配そうになった。

「おかみさん、御用のことで御亭主に聞きてえことがある。なに、心配なことじゃねえ。こちらで教えてもらいたいことがありますのでね。いま職人さんに訊いたらご亭主は他出ということだが、いつごろお帰りですかえ？」

「うちの人は、いま奉行所に呼ばれています」

と、女房は答えた。

「なに、奉行所？」

藤兵衛はさすがにおどろいた。奉行所に呼ばれた留守に岡っ引がくる。少しばかり間《ま》が悪かったが、何で急に八右衛門が奉行所に呼び出されたか分らなかった。

「そうですか。奉行所からはどういう人が呼び出しに来ましたかえ？」

と訊くと、

「何でも本所のほうにおられる吉次さんとおっしゃる若い御用聞きの方です」

「なに、吉次？」

藤兵衛の顔色は変った。吉次が来たというなら彼の料簡ではなく、そのうしろに同心の川島正三郎がついていて、指図したのだ。

川島が出た――藤兵衛は俄かにここにも暗い影が射してきたように思った。

「そうですかえ」

と、表面ではさりげなく、

「そいじゃ、ひょいとすると手間どるかもしれませんね。わっちはまた出直してきます」

と云った。

「すみません」

「わっちが来たということは、吉次さんのほうには内緒にしておいて下さいよ」

と頼んだ。女房は怪訝《けげん》な顔をしながらもうなずいた。

藤兵衛が土間を出ようとすると、表から五十年配の男が渋い顔をして戻ってきた。それが八右衛門だとはすぐに分った。

「あら、丁度いいところだった」と、女房が藤兵衛のうしろから云った。「おまえさん、こちらの親分さんが話があるといってお見えになってるところだよ」

ふしぎな顔をする八右衛門に藤兵衛は近づき、

「わっちは、いまおかみさんが云ったように、駒形にいる御用聞きで藤兵衛という者です。かけ違いになるところを遇えて、ちょうど運がよかった。ちっとばかりおまえさんに訊きたいことがあるんですがね」

「へえ」

八右衛門はじっと藤兵衛の顔を見ている。

「八右衛門さん、おめえさん、奉行所に呼ばれたそうだが、別段、町役人もつき添ってねえようだ。おめえさん、ほんとに奉行所に呼ばれたのですかえ？」

「いいや」と、八右衛門は首を振った。「奉行所からの呼び出しだというので、町内の世話役に付添いを頼もうと思ったんですが、わっちを呼び出した吉次親分が、そんなものは要らねえ、ただ八丁堀に行けばいいとおっしゃるものですから」

果して奉行所に呼び出されたのではなかった。

「では、おめえさんが行ったのは同心屋敷だね。その人は川島さまとおっしゃらなかったかね？」

「その通りです」

と、八右衛門はうなずいた。

「それなら何も心配はいらねえ」

と藤兵衛は表面では彼を安心させるように云った。

「ちょいと、おかみさん、たいそう悪いが、その辺にいる職人さんに、話の間、ちっとばかり向うに行ってもらってくれねえか」

「あい、あい」

人払いをさせたので八右衛門は妙な顔をしている。二人は上がり框《かまち》にならんで坐った。

「もう構って下さるな」

と、藤兵衛は女房の運んだ茶を貰い、それとなく彼女にも席をはずすようにさせた。

「ねえ、八右衛門さん、回りくどいことはやめにしてじかに訊くが、おめえさんとこで働いていた惣六があぁして非業の最期を遂げた。実は、わっちは初めからそのほうの探索にかかっていた者でね」

「へえ」

「まだ下手人が見つからねえのは残念だが、それについて訊きてえのは惣六が持っていた銀造りのおそろしく贅沢な煙管のことだ。あの煙管は惣六風情が持つようなものじゃねえ。しかも女煙管だ。おめえさんは、その煙管を見たことがありますかえ？」

「へえ」

「そいじゃ、惣六が自慢半分におめえに見せたんだな？」

「そういうわけじゃありませんが、豪儀なものを持っているので訊いてみたんです」

「なるほど。で、惣六はそれにどう答えましたかえ？」

「親分さん」

と、八右衛門は俄かに情けなさそうな顔をした。

「親分さん、そのことは勘弁しておくんなさい」

「なに？」

「いえ、川島の旦那にかたく云いつかっているんです。このことはだれにも口外しちゃいけねえ、たとえ、ほかの岡っ引が来ていろいろなことを訊いても、しゃべっちゃいけねえと、そう言われたんです」

「……」

「そんなわけで、ひとつ、勘弁しておくんなさいまし」

と、八右衛門はおどおどして藤兵衛の前に頭を下げた。

藤兵衛はぐっと詰った。川島はそこまで手を回しているのか。

藤兵衛は川島の肚《はら》が読みかねた。まさかお絹の罪状の証拠固めにこんなところまで手を伸ばしたわけではあるまい。それでは理屈が通らなくなる。

「そうですかえ」

と、藤兵衛はほっと溜息をついた。

「そんな具合なら仕方がありませんね。それじゃ、わっちはこれで引きさがるとします」

「親分さん、どうか気を悪くしないでおくんなさい」

「なに、気を悪くするものか。川島の旦那がそうおっしゃったのじゃア、こちとらも旦那の云うことを聞かなくちゃならねえ。……ときに、職人頭の勘兵衛さんはいませんかえ？」

藤兵衛は、惣六の死体が揚がったとき橋番小屋で、その職人頭から話を聞いている。

「勘兵衛ですか。あいつはもう店を辞めました」

と、八右衛門は苦々しそうに答えた。

「なに、辞めた？　いつのことですかえ？」

「四日ぐれえ前です。勘兵衛が来て、小遣が欲しいから金を貸してくれと云い出しました。野郎にはだいぶん、そうした前貸が溜っているのです。その金もみんな博奕《ばくち》や女に使っている。腕はいいのですが、そうした不行跡があるので、わっちがやかましく云ったところ、野郎はむくれ出しましてね。それから少し口争いになったんです。勘兵衛の野郎は、こんなところに辛抱することはねえ、米の飯とお天道《てんとう》様はどこにもついて回ってると啖呵《たんか》を切り、荷物をまとめて出て行きました。なに、たいした荷物じゃねえ。ほんの着替えですがね。やつは、そんなわけで年中ぴいぴいしているので、金もなし、ろくなものも持っていません」

「それで、勘兵衛はどこに落ちつきましたかえ？」

「そいつが未だに分らねえんです」

「はてね、こういう職の世界はみんな仲間つき合いで、職人がどこに移ってるかぐれえ分るはずですがね」

「それが、親分、わっちの仲間ではだれも知らねえのです。ひょいとするてえと、ずっと江戸からはずれたところでくすぶってるかもしれません。そう云っては口はばったい云い方だが、わっちのほうは大奥のお仕事もさせてもらってるくれえの屋根師です。ここで働けば箔《はく》がつくんですがね。勘の野郎も田舎に落ちて行ったんじゃ、もうお仕舞でさ」

八右衛門は喧嘩して出て行った職人を罵った。

「そうですかえ。いや、どうもお邪魔さま。勘兵衛の居所が分ったら、小僧さんにでもわっちのところへ報らせてくれませんか。駒形の藤兵衛と言って近所で訊いてもらえれば、すぐ分ります」

「へえ、分りました」

藤兵衛は、その家を出た。

空地にも、そこに積み上げられた瓦の山にも強い陽が降りそそいでいた。今日もまだ暑そうな天気である。

ふいと、その蔭から一人の男が現れたので、藤兵衛は息を呑んで足を止めた。

「藤兵衛、おめえ、屋根師のとこに何の用できた？」

と、同心の川島正三郎の白い顔がニタニタと笑っていた。

# 挑戦

## 1

同心の川島は、藤兵衛が屋根師の八右衛門のところに来たのを、底意地悪く咎《とが》めた。

藤兵衛も家から出てきた現場を見られたのだから云い逃れはできなかった。

「へえ、実は八右衛門にちょいと訊きてえことがあって参りましたので……」

悪いところを見られたと思ったが、藤兵衛は仕方なく答えた。

それを川島は聞き流すように、眼だけをじろじろと藤兵衛の顔から足もとにまで当てていた。

「おめえが屋根師のところにきたというのは、いってえ、どういう用事だえ？」

と、川島はふところ手して、うすら笑いしながら追及した。

「べつにどうということはございませんが」

咄嗟《とっさ》のことで、藤兵衛にもうまい返事ができなかった。

「そうか。だが、まさか、おめえのボロ家の屋根が雨漏りしはじめたので、その修繕を頼みに来たわけでもあるめえ」

と、川島は憎たれ口を利いた。

「なあ、藤兵衛。おめえがここに来たわけをおれから云ってやろうか。おめえ、まだ隅田川の一件が忘れられねえとみえるな」

「…………」

「隅田川に落ちたのは、この屋根師の八右衛門に使われていた職人惣六だ。まさか惣六の位牌《いはい》をおめえが拝みに来たわけでもあるめえから、またあの一件で八右衛門から何かほじくろうとして来たのだろう」

「旦那、あの一件は、旦那のお言葉でわっちが初めに手がけました。けど、まだ一向に埒があいていません。わっちのような性分は、そういうことがどうも気持を落ちつかせませんので、つい、ここに、その後の様子をたずねに参ったようなわけです」

隠しおおせることではないから、藤兵衛も思い切って云った。

「おや、そうかえ。そいつは奇特なことだ」

川島はあざ笑った。

「だがな、藤兵衛。たしかに初め、あの探索をおめえに頼んだのはこのおれだ。しかし、二度目にそいつから手を引いてくれと云ったのも、たしかにこのおれだったな」

「へえ」

「人間にはいろいろ都合もあることだ。ましてお上の御用ともなれば、おめえたちには分らねえ方針替えもある。初めに云ったことよりも、二度目におれがおめえに云いつけたことを大事にしてもらわねえと困るぜ」

「へえ。……」

「おめえはこの道で長えこと飯を食ってきた男だ。それくらいの分別がつかねえ男でもあるめえ。……それとも、おい」

と、川島は顎をちょっとしゃくった。

「それとも、おめえはこのおれの云うことが聞けねえとでもいうのかえ?」

「旦那、決してそういうことはございません」

「うむ、たしかにそうだったな。いまでもおぼえている。おめえが川向うの本所に来ていたときだ。この一件は紺屋にまかせるからと、おれがはっきりと云った折、おめえは、たしかに承知しましたと、請《う》けたぜ」

「その通りでございます」

「それ、みろ、おめえも物おぼえはいいほうだ。そいつをおぼえていながら、まだ一件に未練を持って、このへんをのこのこと歩いているとは、おれの言葉をちっとばかり軽く取っているようだな」

「いいえ、べつにそういうつもりは毛頭ございませんが……」

と、藤兵衛はちょっと頭を下げた。

「……お言葉を返すようですが、なにもお気持に逆らってわっちが出ようというわけじゃございません。紺屋は紺屋、まあ、わっちは自分の納得でほじくってみようと思ったまでです」

「なるほど。おめえの心持は、紺屋が若えから腕が未熟で心もとねえというわけだろう。だから、てめえが出ねえと一件の埒はあかねえと、こう考えてここに出張ってきたわけだな……ふん。藤兵衛、なるほど、おめえは紺屋の二代目より年の功はとっているし、十手を預っている間も吉次よりは長え。だが、そう若え者を見縊《みくび》ったものでもねえぜ。紺屋の吉次は立派な腕を持っている。未熟と思うのはおめえの思い上りだ」

「いいえ、決してそんな……」

「それに、紺屋のうしろにはおれがついている。まあ、おめえの年の功を借りるほどでもなさそうだ。いいか。もう一度云って聞かせる。この一件には、もう色気を出すんじゃねえぜ」

川島正三郎は力を入れて険しい顔をした。藤兵衛は、それを静かに見返した。

「川島の旦那。お言葉は重々恐れ入りました。もうわっちも余計なことはいたしませんから、どうかご安心なすって」

「今度こそ本当だな？」

「その代り、旦那、ちっとばかり伺いてえことがございます」

「何だ？」

と、川島は怕《こわ》い顔をして一歩足を引いた。彼は彼なりに藤兵衛が逆襲するのではないかと心に身構えたようであった。

「ほかでもございません。聞けば、お絹は娘義太夫のお春殺しで紺屋に挙げられたそうでございますね？」

「うむ。それがどうした？」

「わっちの考えでは、どうもお絹がお春を殺した下手人とは思えません。紺屋がお絹をしょっぴいた以上、川島の旦那も紺屋の考えに同意なすったと思われます。そこで、旦那の考えを聞かしていただきとう存じます」

「藤兵衛。おれの考えを訊く前に、おめえがお絹を下手人でねえというわけを先に話してみろ」

「分りました。決着からいうと、お絹は、あの晩ずっとおふくろといっしょに家におりました。紺屋は、おふくろの云いぶんじゃ信用がならねえと云ってますが、わっちも長えこと十手をお預りして、この人間が信用出来るか出来ねえかぐれえは、およそのカンはついてるつもりです。わっちの見るところでは、お絹も、そのおふくろも嘘をつく人間とは思われません。お絹は無実だと存じます。早えとこ出してやりとうございます」

「おめえの云いてえことはそれだけか？」

川島は冷やかに云った。

「へえ」

「やい、藤兵衛、思い上りもいいかげんにするがいいぜ。紺屋だけじゃねえ。あのおふくろの云うことがアテにならねえということは、このおれもちゃんと睨んでいるのだ。それに証拠もある」

「証拠とおっしゃると？」

「お絹は泥を吐いたのだ」

藤兵衛は眼を剝《む》いて川島を見つめたが、次第に心にうなずくものがあった。彼の態度も決然となってきた。

「旦那、それはお絹の本心ですかえ？」

「な、何と云ったのだ？」

と、川島は見る見る顔を赧《あか》くして眼を怒らした。

「おめえはおれがお絹に無理な問いかたをしたとでもいうのか？」

「いいえ、そうは申しません。ですが、えてして女は、ああいう場所に入れられると気持が動転するものでございます。つい、心にもないことを吐くことがございます。それをわっちは申し上げているので」

「やかましいやい」

と、川島はいきなり怒鳴った。

「おめえがつべこべと差出口をするまでもねえ。ことは白洲に出せば、はっきりと白黒がつく。おめえ、これまでのちっとばかりの手柄にのぼせて、お上のことにまで口を出す気か？」

「とんでもございません。そういうつもりは毛頭ありませんが、もう少しお絹を丁寧にお調べ願えればと思っただけでございます。お絹がおふくろとあの晩いっしょに家に居たというのは信用していいこと。不運なのは、そこに他人が一人も居なかったことでございます」

「藤兵衛、おめえ、いろいろとおれに楯突くようだが、これまでおめえにはずいぶんおれも目をかけてやったぜ」

「そいつは肝に銘じてありがたく思っています。旦那に可愛がっていただいたことは、わっちも決して忘れはいたしません。それだけに今度は旦那のお気持がわっちには寂しゅうございます」

「とうとう本音を吐いたな。てめえは、おれがこの一件を紺屋に渡したというので、紺屋とおれを恨んでいるのだろう。いや、そういう気持がおめえの顔にありありと出ているぜ」

「旦那、わっちはそんなケチな料簡は持っておりません。ただ、今度のことはずいぶんこんがらがっているようで、まかり間違えば、まだまだ、とんでもねえところに間違いの筋が伸びてゆくような気がしてなりません」

「うるせえ」

と一声叫ぶと、川島の手はいきなり藤兵衛の横面を殴った。

「藤兵衛」

と、頰を押えてこっちを見つめている藤兵衛に川島は云った。

「その眼つきは何だ？　まるでおれに手向ってくるような面構えだな。おめえ、これ以上おれに逆らって心得違いのことをすると、そろそろおめえに預けている十手のことも考えなくちゃなるめえぜ」

2

藤兵衛は、辻待ちの駕籠《かご》を雇って四谷に向った。そこに小普請組の釜木進一郎の家がある。

藤兵衛は、川島から打たれた頰の感覚は消えていたが、心にはその跡がいつまでも残っていた。

川島はよほどこの一件から藤兵衛を遠ざけたいらしい。はじめは、若い紺屋の吉次をひいきにするため彼に肩を入れているのかと思っていたが、そうでないことが今日の川島との出遇いではっきりと分った。川島の見幕もそうだったが、いきなり殴ったのは、よほどこっちが邪魔になったようである。もともと川島は、これまで藤兵衛をおもに使ってきていた。藤兵衛からすれば、ずいぶん川島のために働いて彼には功名を立てさせたはずであった。

これまでの川島はそれを心得て、藤兵衛でなければ絶対に信用しなかった。功利的な彼は、藤兵衛の腕が結局自分の出世のもとになると考えていたのである。一にも二にも藤兵衛、藤兵衛、藤兵衛、と云っていた彼が、今度の件では、まるで手の平を返したもいいところであった。

いかに腹が立ったとはいえ、そうした因縁の藤兵衛を殴打したのは、よほどの性根《しょうね》を据えてのことに違いなかった。

（藤兵衛、これ以上おれに逆らって心得違いのことをすると、そろそろおめえに預けている十手のことも考えなくちゃなるめえぜ）

これは十手を取上げるという暗示だった。藤兵衛は、これまでの長い御用聞きの生活のうち、なにも川島ひとりについていたわけではなかった。だから、彼は同心仲間には認められ、御用聞き仲間にも顔を売っていた。

それを、川島が十手を取上げると言い切ったのも同然な言葉を吐いた。いかに川島の決意が並々ならないかは藤兵衛にも分る。一同心の勝手な裁量で出来ることではなかった。彼にその乱暴な言葉を吐かせた背後には、それを支える何かもっと巨《おお》きなものが控えているような気がした。

意地である。たとえ十手を返上しようとも、この一件の究明からは退《さが》られないような気がした。

ふしぎな心境であった。つい昨日までは、そんな気持はさらさら起らず、好きな鉢植えを手入れしながら、楽な仕事にのんびりと日を送ろうと思っていたのだ。

もし、川島に逆らって十手を返上したあとでも、この意地を通そうとすれば、奉行所全体を相手にすることになるかもしれなかった。

駕籠に揺られている藤兵衛は、何だか、荒れ狂う沖にひとりで小舟を出しているような心持にもなった。

四谷の釜木の屋敷は子分の幸太が調べたので、およその所在を聞いて分っていた。見附から西に入って塩町の裏通りに曲った。このへんは小禄の小普請組が多い。家内が内職の手伝いをしているのが、通っている彼にもよく分った。

釜木進一郎の屋敷はさほど大きくないが、小さくもない。まずは内職をしなくても済むような暮しだった。

藤兵衛が門をくぐって入ると、そのへんを箒《ほうき》で掃いていた老僕が手を休めて彼を見た。

「どちらから？」

「わっちは駒形からきた藤兵衛というものですが、旦那さまにお目にかかりとうございます」

藤兵衛は腰をかがめた。

「そうか。ちょっと、ここで待って下さい」

老僕は箒をそこに立てかけて、横の木戸を押して姿を消した。

陽ざしは強いが風のさわやかな季節になった。このへんに多い雑木林にはまだ蟬《せみ》が鳴いている。

「どうぞこちらへ」

と、老僕が木戸から顔を出した。藤兵衛は導かれて庭から入った。

小さな庭がある。枝を張った榎《えのき》の下には池があって、蔭で鯉が二、三匹泳いでいた。

「やあ」

声は縁側からした。釜木進一郎が白い浴衣の着流しで立っていた。

「これは突然に伺いました」

藤兵衛が頭を下げると、釜木は笑いながら、座敷よりもここのほうが涼しい、と云って、庭木の枝が影を落としている縁側に上がらせた。六十ぐらいの老婢が夏座蒲団と麦茶を運んできた。

「よく来てくれたな」

と、進一郎は煙管を取った。明るい顔でにこにこしていた。

この無邪気な顔を見ると藤兵衛は、つい、さっき遇った川島正三郎と比較したくなる。環境や職業が違うせいもあるが、人間の性格の相違は顔つきまで別なものになると思った。もっとも、釜木は小普請組で、べつに用もなく、毎日をのんきに送っているのである。

藤兵衛は、この前、進一郎に馳走になった礼を述べたりしたあと、

「釜木さま、娘義太夫のお春殺しで、お絹という向両国の水茶屋の女が下手人として挙げられたのをご存じでしょうか？」

と訊いた。釜木は、

「うむ、聞かないでもないが」

と答えた。やはり知っている。藤兵衛は、釜木がこの一件に相変らず強い興味を

持っているのが分り、頼もしくなった。

「しかし、そりゃ見当違いだろう」

と、釜木はあまり気にしてないように云った。

「へえ、わっちもそう思います」

「見込み違いなら、すぐに出されるだろう。よくあることだ」

「それが、釜木さま、ほんとのところは、どうやらお絹のしわざということで罪が決まりそうです」

「どういうのだ？」

と、釜木は初めて眼に強いものを見せた。

藤兵衛が、お絹を引立てた紺屋の吉次のことや、殊に、それを指図している同心の川島のことを話すと、釜木もむずかしい顔色になった。

「もし、それが本当なら、向うは事をそのへんで収めてしまいたいのかもしれぬな」

と呟いた。藤兵衛の思った通りを釜木も云っている。上のほうでは、大きな事件を水茶屋の女ひとりで始末をつけようとしている。しかも、これはまだ釜木には云っていないが、さっきの川島は明らかに藤兵衛を脅迫したのだった。

「もう一つ、釜木さまのお耳に入れたいことがあります」

と、藤兵衛はつづけて云った。

「駒木根大内記さまの用人で、伊東伝蔵さまとおっしゃる方のことをご存じでおられますね？」

釜木は、例の煙管の一件で彼なりに出所を洗っている。それは藤兵衛もこの前釜木の来訪を受けて聞いている。だから、釜木は伊東のことまで知っていると藤兵衛は察していた。

「例の煙管入れを誂《あつら》えた人だな」

と、やはり見込みに違わず釜木はうなずいた。

「ご存じならお話がしやすうございます。その伊東さまが、一昨日の晩、急に病気で亡くなられたそうでございます」

そこまでは釜木も知らなかったとみえ、ふいに煙管を吐月峰《はいふき》に叩いて畳に転がした。

「藤兵衛、そりゃ本当か？」

「へえ。子分の幸太というのが聞きこんで来ましたから、間違いはございません」

「急病だと云ったが、ほんとに病気だったのか？　いや、その伊東伝蔵という用人のことだ」

「お察しの通り病気ではございません。これも子分の聞きこみですが、なんだかお腹を召したということでございます」

「腹を切ったと？」

釜木は藤兵衛を見つめていたが、やがて首をひねって訊いた。

「そりゃどういうことだろう？」

藤兵衛は、ここで伊東伝蔵と殺された娘義太夫お春の関係をひと通り述べた。さらに、自分の推測として付け加えたのだが、お春は寄席が済んで自分の家の近くに帰ったところを殺されている、そのとき声一つたてていないので、お春は親しい者にそこで呼び止められ、ふいに斬られたらしいこと、その斬りかたも心臓をひと突きにしているので、よほどの手練者《てだれもの》らしいことからみて、実際の下手人は伊東伝蔵と思うことなどを語った。

釜木はいちいち聞いていたが、

「すると、おまえの推察では、惣六を殺したのもその伊東伝蔵だというのか？」

と訊き返した。

「へえ、いまのところ、そう考えております」

「そうか」

釜木は黙っていたが、

「おまえの云う通り、いまのところ、それよりほか考えようがあるまいな」

と云って、眼を遠くに投げた。そこには陽のかげんで池の上の影がひろがってい
た。

「その駒木根大内記殿のことだが……」釜木は思い出したように云った。「あの仁《じん》は、今度佐渡金山奉行になるという噂だ」

「えっ、駒木根さまが佐渡のお奉行に……そりゃ大そうなご出世でございますね」

藤兵衛の頭には瞬間、豪華な煙管が泛んだ。と同時に、その煙管の行先、お美代の方に可愛がられている中臈浦風のことも泛んだ。

「藤兵衛」と、釜木はおだやかな笑いを浮べた。「やはり向島の隠居の威勢は大したものだ」

向島の隠居とは、いうまでもなく中野碩翁である。

小納戸役という小禄の旗本が、養女を将軍家斉の側に差出したばかりに、いまや老中をも憚《はばか》らせる勢いである。隠居していても大御所の相談役として気儘《きまま》なときに登城し、家斉に何事か耳打ちをする。この耳打ちが諸大名を慄《ふる》えあがらせている

のである。釜木の言葉は、もちろん、駒木根大内記の出世は浦風――お美代の方――碩翁という三人の線につながることに向けられていた。

藤兵衛は、瞼の裏に再び大川を上ってゆくギヤマンの障子の屋形船を蘇らさないわけにはいかなかった。

3

「釜木さま」

と、藤兵衛は自分にかえってから云った。

「駒木根大内記さまのお話から泛んだ思案ではございませんが、隅田川で死体となった惣六の煙管が、どうも、この一件の鍵のような気がいたします」

「そのことだがな。その大事な証拠の品には、もうお目にかかれないのだな」

釜木が藤兵衛の顔を皮肉に見て云った。

「おっしゃる通りでございます。あのときちゃんと戒めていただいたのに、つい、そこまでは気が回りませんでした」

藤兵衛は頭を掻いた。

「いや、上のほうから云ってくれば、あんただって拒みようはなかっただろう。外から入ってくる泥棒なら取押えることも出来るが、上のほうからではあんたの手じやどうにもならぬと決まっている」

釜木もこの一件では上部の強権があるのを感じていたらしい。

「それについてでございますが、この前釜木さまのお言葉では、大奥のご中﨟浦風さまの部屋子にあがっているお方が、いま宿下りをしていらっしゃるということでしたが」

「うむ。子供のときからよく知っている女でな、神田の出雲屋という菓子屋の娘だ」

「へえ、それはこの前承りました。で、まだ大奥にはお帰りにならないのでございますか？」

「うむ。たしか、まだ親もとに居るはずだ。あまり身体が強いほうでなく、少し疲れたとか申して主人から暇を取ったので、当分は親もとに居るのではないかな」

主人というのは、むろん浦風のことである。普通の御殿女中はむやみと宿下りは出来なかった。大体、三月が大奥女中の宿下り月となっている。それを当てこんで江戸の芝居は、「加賀見山廓写本《かがみやまさとのききがき》」だの、「伽羅先代萩《めいぼくせんだいはぎ》」だの、「恋女房染分手綱《こいにょうぼうそめわけたづな》」

などを出した。しかし、部屋子は、もともと町家から臨時に行儀見習として部屋に出しているので、それほど厳重な規則はなかった。

「いかがでしょう、わっちにその出雲屋の娘さんを会わしていただけないでしょうか？」

「そりゃいい」と、即座に釜木は膝を打った。「あんたもわたしの口からだけ聞いたのでは間違いにちがいない。また当人に会ってじかに聞けば、いろいろとわたしでは気のつかないことが聞けるかも分らぬ」

「そう願えれば、これに越したことはございません」

「おい、ばあや」

と、釜木はもう起って奥へ手を鳴らしていた。

「いまからちょいと出かけてくる。着物を出してくれ」

藤兵衛が一服吸っている間に、釜木進一郎は麻の着物に着替えて出てきた。藤兵衛のような男が見てもきりりとした姿だった。色が浅黒いだけに引き緊まった顔である。

「行こうか」

「へえ」

と、あわてて煙管を筒にしまって、

「お供します」

と、藤兵衛は起ち上がった。

二人は往来をならんで歩いた。陽はかなり傾いていたが、まだ日中の暑さが残っていた。片側の屋根が往来に伸びているので、そこを拾って歩けば楽だった。

「旦那、駕籠を召しては？」

藤兵衛は気の毒になって云ったが、釜木は、

「いや、かまわない」

と、一向に平気で、陽の当る場所は扇子を半開きにして額の上にかざした。

当時では、四谷塩町から神田まではちょっとした道程《みちのり》だった。菓子司出雲屋の前に着いたときは陽ざしもだいぶん弱まり、涼しい空気が動いていた。

出雲屋は大きな店で、広い間口には番頭が動き、丁稚《でっち》が表の道路に水を撒《ま》いていた。

番頭は釜木進一郎をもちろん知っていた。

「へえ、これはいらっしゃいまし」

と、番頭は釜木に頭を下げたが、少し妙な顔をしていた。

「忙しそうだな」

と、釜木は愛想よく声をかける。

「へえ」

番頭は釜木のうしろに従っている藤兵衛にもふしぎそうな眼を向けた。

「いや、これは知り合いだ」

と、釜木は番頭に云い、

「ときに、お島は居るか?」

と訊いた。

「お嬢さまですか……」

番頭はいよいよ妙な顔をして、

「お嬢さまは旦那のお屋敷に伺っているんじゃありませんかえ?」

と問い返した。

「なに、おれのところに?」

「へえ。いまから一刻前でございます。旦那のお使いという人が見えましたので、お嬢さまは大急ぎで支度をして、迎えの駕籠に乗って出て行かれましたが」

「迎えに来たというのはどういう男だ?」

釜木の顔が俄かに緊張した。

「三十二、三くらいの、痩せたお人でしたが……」

「たしかに、おれのところからお島を迎えに来たと、その男は云っていたのだな？」

「へえ、左様で」

「主人は居るか？」

釜木は鋭い声で云った。

「へえ、おられます」

「少し内密な話がある。会いたい」

「へえ、ただいま主人に告げて参ります」

と、番頭も少しうろたえた様子で奥に駈けこんだ。

「藤兵衛」

と、釜木は彼を店の脇につれてきた。

「聞いた通りだ。お島にも敵の手が伸びてきたようだな」

「これは大変なことになりました」

と、藤兵衛もうすうす事情が分って顔色を変えた。

「主人に会っても、いま番頭が話した以上のことは出まい。せいぜい、お島が支度をして出て行ったときの様子ぐらいだろうが……藤兵衛、こいつは火の手がひろがったな」

「……」

「お島に眼をつけたのは、相手もわたしのことに気がついたからだ」

「釜木さまのことを？」

「この一件でわたしがあんたと話をしたり、いろいろ動いているので、目についたらしいな。そういえば、この前から、わたしのことを近所でいろいろ調べたやつがある」

藤兵衛はどきりとした。手下の幸太に釜木の素性を調べさせたのは、実は自分である。彼は、そのことを口に出したものかどうか迷った。が、迷っているうちに、あるいは幸太以外にも同じことをやっていた人間がいたのではないかという気がしてきた。

「藤兵衛、下手をすると、こっちまで消されかねないな」

「……」

「あんたも気をつけることだ」

藤兵衛は、昼間の川島正三郎の顔を思い出し、武者ぶるいした。

# 雲の中

## 1

出雲屋の主人新右衛門が出てきた。彼は釜木進一郎と藤兵衛の来訪の目的を番頭からあらまし聞いているので、顔を蒼くさせていた。主人は店先での話を避けて、二人を上にあげた。

店の奥に下がっている大きなのれんをくぐると狭い廊下になり、片方は小さな中庭になっていた。主人の部屋は、その横にあった。

新右衛門の云うことも番頭の話と変りはなかった。娘のお島は、釜木の代人と称する三十二、三の痩せた男が従えてきた駕籠に乗せられ、先刻出て行ったというのである。

「わたしがこないのに、どうしてお島をその駕籠に乗せたのだね？」

と、釜木進一郎は詰問するように訊いた。

それも釜木をすっかり信用しているからだと、新右衛門は答えた。使いの男も、釜木がよんどころない用事でこられないのでわたしが代人として差向けられたと云ったという。その際、釜木からの手紙も所持してなかったが、新右衛門はそれすら怪しまないで娘を出したという。

「旦那、代人の人相や年恰好は分りましたが、駕籠かきのほうはどういう人相、年恰好でしたかえ?」

と、藤兵衛は横合いから訊いた。

一人は二十七、八くらいの男で、もう一人の男は二十一、二くらい。どちらも顎の張った四角い顔で、明らかに町駕籠であったという。

「一体、どうしたのでしょうか?」

と、新右衛門は娘のことを心配しておろおろ声になっていた。

「釜木の旦那の名前を使ってお島をかどわかしたのでしょうか?」

釜木進一郎は、自分の名前が使われたのだから、これは自分を知っている人間のしわざだろうが、いまのところ、その見当はつかないと云った。

「娘はどうなるのでしょうか?」

と、新右衛門はお島の運命を心配した。それは釜木も藤兵衛も同じ思いだった。いかなる目的でお島が誘拐されたか。そこに釜木の名前が出る以上、藤兵衛も先ほど釜木と話したような線しか考えられなかった。やはり、何か眼に見えない大きな網がひろげられている感じだった。単純な犯罪とは思えないのである。

「お島はいつお城に帰ることになっていたのかね？」

と、釜木が訊いた。

「はい、少し身体を悪くしていたので宿下りをいただいたのですが、あと三日もすればお城に戻ることになっていました」

新右衛門は沈んだ顔で云った。

「それはお島の主人に当る浦風どのも知っているのかね？」

「はい。二日前に、お澄さんといって、やはり浦風さまの部屋子で、お島の朋輩になる人が見舞に見えた際、お島がそう話したそうです。ですから、浦風さまもあと三、四日したらお島が戻るのをご承知になっていることと思います」

「お島の病気見舞に使いをよこしたというのか。浦風どのも出来た人だな」

と、釜木は云った。

「へえ。お島は浦風さまに可愛がられておりました」

「お島の朋輩の、そのお澄というのを、わざわざお島の見舞によこしたというのだね？」

「いいえ。浦風さまの立場では、部屋子の病気見舞だけではいろいろとご都合がありのことと思います。それで、お澄さんは浦風さまの代りに下谷のお寺へお詣りするというのが表向きの理由だったそうです」

「そうか。で、お澄は、それから下谷のその寺に回ったのかね、それともお寺のほうを済ませてこちらに来たのかね？」

「わたしが聞いたところでは、お寺のほうはまだ済ませてなかったようです。これから行くと云って、ここを出ました」

「下谷のその寺は何というのだね？」

「円行寺だそうです」

「法華宗《ほっけ》だな？」

「はい。なんでも、浦風さまのご先祖がお祀《まつ》りしてある菩提寺《ぼだいじ》だそうでございます」

釜木進一郎はそれだけ訊くと、あとの質問を藤兵衛にまかせるように黙った。

藤兵衛は、二、三新右衛門にたずねたけれども、それは補足的な質問で、大した手がかりを得るようなことではなかった。たとえば、娘お島を乗せた駕籠がどっちの方角に行ったかと訊くと、見送った店の者の話だと、四谷の方角だったという。つまり、釜木進一郎の屋敷のあるほうだが、むろん、これは店の者の眼を誤魔化したと考えられ、どこに方向を変えたか当てになる話ではなかった。

「親分さん。娘は無事に捜し出せるでしょうか？」

と、親はただそれだけを心配していた。

「何とか捜し出さなければ」

と、釜木進一郎も引きとった。

「わたしの名前が使われているのでね、これは草の根を分けてもたずねなければならぬ」

表へ出た二人はしばらく路を歩いて、火除地《ひよけち》になっている広場に佇んだ。ここだと通行人の耳からは遠い。

「藤兵衛、これから、あんたに力を貸してもらわなければならない」

と、進一郎は頼んだ。

「及ばずながらやらせてもらいますが、さて、その方法をいま考えているところです。といって、のんきに腕を組んでるときじゃございませんからね。こうした間にもお島さんの身の上が気遣われます」

「わたしの名前を出して迎えに行ったのだから、こりゃわたしのことを十分に知っている人間のしわざだ」

「そのことです。釜木さまに心当りはありませんか？」

「さっきからそれを考えたのだが、どうも無い。どうやら、得体の知れないものがじわじわとわたしのぐるりを締めつけて来ている具合だね。ただ、云えることは、例の煙管の一件から、わたしが道楽に首を突っこんだことが災いしているらしい」

その通りだと、藤兵衛も思った。釜木に心当りがないというのも当然の事で、藤兵衛自体が、この釜木の身辺をさぐるのに幸太を使ってやってきたのだ。ところが、釜木は自分のことを調べている幸太には気がついていない。同じようなことが他の人間によってやられている可能性もあるわけである。

その、他の人間というのが、隅田川で死んだ屋根師惣六から発展した一連の事件のうしろに控えて、いろいろ細工をしているように思えた。

「藤兵衛、これからどうする？」

釜木は訊いた。

「へえ、知恵のねえ話ですが、ひとまず、その駕籠から調べてみましょう。町駕籠という事でしたから、そのへんから手がかりを求めます。その駕籠がどっちの方角に行ったか、いちいち、ほうぼうの道筋に当る町家に訊いて回るわけにはゆきませんからね」

「それはそうだ。だが、町駕籠屋に当っても正直に言うかな？」

「やっぱり、こちらで朱房を見せて威《おど》さなければなりますまい。といって、このへんはてまえの縄張りではねえので困ります。神田は鎌倉河岸の長六というのが受持っていますから、そいつの力を借りることにします」

「あんたがたの世界では縄張りがあるから、思うようにゆかないな」

と、釜木進一郎は云った。事実、区域々々によって岡っ引の持場が決まっているから、こうした事件のように江戸の全域に亘《わた》ると、単独では働けなかった。

「じゃ、あんたとはここで別れよう」

と、釜木進一郎は云った。その顔には、つづいて彼の考えで行動する様子がみえた。

「明日の四ツ（午前十時）までには、わたしがあんたのとこに出向く。そのときにあんたから今日の結果を聞きたい。わたしも何か分ったことがあれば話をするよ」

お島の行方は、いますぐというわけにはゆかなかった。お島自体にも、親の新右衛門にも気の毒な話だが、これは皆目、雲を摑《つか》むような話で、どこから手をつけていいか分らないのである。藤兵衛が駕籠屋の親方に聞くにしても、果して思うような手がかりが得られるかどうか自信はなかった。


「おう、これは駒形の」

と、神田の長六は、藤兵衛の姿が表から入って来たとき笑って云った。

「珍しいじゃねえか。おめえがこんなところにくるなんて、二年に一回あるかなしだぜ」

神田の長六は藤兵衛より一つ年下だが、いわば岡っ引仲間では朋輩で、親しかった。

「おい、お茶をいれてくれ」

と、長六は、そのへんに居る子分に云いつけた。

「神田の。今日はおめえにちょっと頼みがあって来たのだ」

藤兵衛は茶を一口すすって云った。

「何だ、むずかしいことかえ?」

「いや、そうむずかしいことじゃねえ。御用の筋だが、ありていに云うと、出雲屋の娘が正体不明の男に町駕籠に乗せられて、行方知れずになったのだ」

「出雲屋というと、老舗《しにせ》の、あの菓子屋かえ」

「そうだ」

「あすこの娘は大奥に奉公していると聞いたが、その当人かえ？」

「うむ。いま宿下りで親もとに戻っていたのを、主人の知り合いの名で呼び出されたのだが、その知り合いは、全くそんなことをしたおぼえはないと云っている」

「かどわかしか？」

「そういう懸念《けねん》はある。若い娘のことで、こっちも少々焦っている。そこで、ひとつ、おめえの縄張りの神田の駕籠屋に訊いてくれめえか。おめえの顔ならわけはねえと思って頼みにきた」

「そうか」

長六は少し考えていたが、早速当ってみると云って、そこに居る子分を呼んだ。

2

神田界隈には駕籠屋が三軒あった。藤兵衛は、長六のつけてくれた子分の案内でその三軒を回ったが、どちらも出てきた親方が、自分のうちの駕籠ではないと云った。

「出雲屋さんなら老舗だから、わっちどもも知っています」

と、親方の一人は云った。

「いま出払っている駕籠が戻ってきて訊くまでもありません。お客のことならわっちのほうには分っておりますんでね」

相手の様子から察して嘘をついてるとは藤兵衛に思えなかった。予想どおり無駄骨だったのだ。

もし、企んでいる者が駕籠をさし向けるなら、地元の神田のものを使うはずはない。遠方からの駕籠を雇うのが常識である。そうなると、江戸じゅうの駕籠屋を当らなければならないことになる。

藤兵衛は、長六の子分に案内賃を握らせ、礼を云って別れた。

さて、これからどうするか。

藤兵衛は、その足で日本橋の馬喰町《ばくろちよう》に向った。ここには駕籠寅といって古い顔役がいる。親方の寅治郎は五十を越した男だが、江戸の駕籠屋の元締みたいな実力を持っていた。

藤兵衛は、ずっと前に寅治郎の難儀を解決してやったことがあった。

駕籠寅は、旅籠屋《はたごや》や飛脚宿のある町の中にかなり大きな間口の店を張っていた。

「駒形の藤兵衛というものが来たと云っておくれ」

と、若い者に云うと、すぐさま帳場に坐っていた男が飛んできた。

「これは、親分さん。親父はあいにくと腹をこわして二、三日寝こんでいますが、もう大ぶんいいようですから、どうぞ奥へ行って下さい」

帳場の男は寅治郎の養子だった。

「むさくるしいところにお通しして申しわけありません」

と、寅治郎は蒲団の上に坐った。

「鯛の刺身を食ったら、てきめん、この始末です。どうも年を取ると意気地がなくなりました」

と、寅治郎は笑った。

「病気のところを悪いが、実は親方に頼みたいことがある」

藤兵衛は、神田の出雲屋の娘の一件を話した。むろん、事件の奥はうち明けないで、もっぱら娘のことだけに絞った。

「ようがす」

と、寅治郎は請け合った。

「今日にでも使いをほうぼうに走らせて様子を聞いてやりましょう。重立《おもだ》ったところを訊き合わせると、目鼻がつくと思います」

「具合の悪いところを申しわけねえ」

「なに、もう大ぶん身体もよくなりましたから大丈夫です」

寅治郎は養子に問合せ先の駕籠屋への手配を云いつけた。藤兵衛が横で聞いていると、東は浅草、西は芝、北は千住から下谷、内藤新宿の大木戸あたりまでに亘っていた。さすがに大顔役の貫禄は十分だった。

「今晩じゅうにでも大体が知れるだろうから、わたしのほうから、明朝その模様を報らせに使いを出します」

と、寅治郎は云った。商売ものの駕籠を使って問合せの使いを出すので、結果が知れるのも早いわけである。

「それじゃ、お願いします」

と、藤兵衛は駕籠寅を出た。空には夕焼けの色がみえはじめていた。

藤兵衛と別れた釜木進一郎は、下谷の円行寺をたずねて行った。下谷は寺の多いところだが、町の近くで訊くと、その場所はすぐに分った。

釜木は、長い塀がつづいている寺町を歩いた。

教えられた場所の近くにくると、角に樒《しきみ》や花を売っている茶店があった。軒には甘酒と書いた看板ののれんが下がっていた。

「いらっしゃい」

と、四十ぐらいの女が出てきた。

「甘酒を一杯もらおうか」

釜木は腰をかけた。横には手桶や柄杓《ひしやく》などがならんでいた。墓詣りの客を目当てに、こうした花などを売るほか、ここで休む客に甘酒を売っているらしい。

「大ぶん朝晩涼しくなったな」

と、釜木は甘酒の茶碗を受取りながら女に愛想を云った。

「左様でございます。今年の夏は特別暑うございました。これでやっと凌《しの》ぎやすくなりました」

女も世辞を云った。

「暑いときには死人も多いだろうな」

「それはどうしても……」

女は盆を持ったままそこに立ち、

「今年は、それに、いつもより新仏《あらぼとけ》が多うございました」

「新仏が多ければ、そう云ってはなんだが、お寺さんも、こういう店も繁昌するわけだな」

「ひとさまの不幸を喜ぶわけではありませんが、おかげで忙しゅうございました」

「ときに、近ごろは法華ばやりだが、この近くに円行寺という法華宗の寺があるそうだね？」

「円行寺なら、すぐそこでございます」

女房は、歩いて四、五軒先の左側だと教えたが、釜木には大体、それは見当のついていることだった。

「法華が流行《はや》っているから、円行寺も相当新仏の墓が出来ただろうね？」

「左様でございますね」

「わたしも当節のことで法華宗の寺に宗旨替えをしようと思っているのだが、あんまり格のない寺でも考えものだからな。円行寺は相当な人を檀家に持ってるかね？」

「円行寺なら立派な方がお詣りになります」

「ほう。それはどういう方かな？」

「大奥のお女中の浦風さまが一年に二回はお詣りになります。そのほかは代参のお女中がよくお見えでございます」

このとき、奥のほうから男の咳払《せきばら》いが聞えた。女房の口は、それから急にかたくなった。釜木がそのことについて訊いても、彼女の返事は、はかばかしく得られなかった。

釜木は話を変えた。

「それはそうと、今日は、円行寺にわたしの知合いの者が来たはずだ。町駕籠に乗って行ったというが、あんたは見かけなかったかね？」

「町駕籠でございますか？」

女房は何気なく問返した。

「うむ。中に乗っているのは若い女なんだがね。そうだ、午前《ひる》か、そのあとくらいだが……」

再び奥から男の咳払いが聞えた。

「おくら、おくら」

と、しゃがれた声が呼んだ。

「おい、この桔梗《ききょう》にもっと水をやらんかい」

女房は、あわてたように奥へ行った。

釜木が甘酒の残りをすすっていると、入れ違いに奥から五十くらいの、頑丈な身体の男が出てきた。これが、咳払いの主《ぬし》らしく、また、ここの亭主らしかった。

「へえ。これはいらっしゃいまし」

彼は客が武士なので、挨拶した。見ると、その男の片方の眼がつぶれていた。

「いま、女房におたずねになったことですが……」

と、彼は訊きもしないうちに釜木に云った。

「わたしどもは、こうして一日中、店を出して通りを見ておりますが、そんな駕籠は眼につきませんでしたよ」

「そうか」

釜木は微笑して、

「それなら、別な寺だったかもしれないな。わたしの聞き違いかもしれぬ」

と、懐ろから紙入れを出した。

「いくらだ？」

「へえ、十二文いただきます」

頬骨《ほおぼね》の張った四角い顔である。皺が深く、片眼が潰れているせいか、一方の眼が無気味なくらいぎょろりと光っていた。前はどこかの寺男だったかもしれない。

釜木は、その店を出て円行寺に向ったが、背中に男の視線を感じていた。

3

円行寺は、わりと広い寺だった。釜木は門をくぐって中に入ったが、正面が本堂で、横手に大きな庫裡《くり》がある。しんと静まり返って人影もなかった。

隣の寺との間は土塀となって、それに樹が茂っていた。塀の根元の雑草も黄ばんでいる。本堂の横手から奥へ行くと、そこが墓場で、石塔や卒塔婆《そとば》が立っていた。墓場との境は大きい板塀で、小さなくぐり戸がある。

そんなものを見ながら、ぶらぶらと本堂の前へ出た釜木の眼は、建物の様子と地面とに注がれていた。地面は掃除されたばかりのように箒目《ほうきめ》が立っていて、何一つ落ちてなかった。

釜木は庫裡のほうに足を移した。

玄関で声をかけると、暗い奥から二十二、三くらいの納所坊主《なつしょぼうず》が現れたが、釜木

を見て、

「どちらさまで？」

と、膝をついた。

「わたしは四谷のほうから来たのだが、住職がおられたら、ちょっと会ってお話ししたいことがある」

釜木が云うと、納所坊主は、少々お待ち下さい、と云って引返した。その間に彼は耳を澄ましたが、奥からは何の声も音も耳に伝わってこなかった。

足音だけが聞えて、さっきの納所坊主が引返してきた。

「和尚さんは、いま、よそに出ておられます」

「お帰りは遅いかね？」

「夜になるだろうということです。檀家の法事に行かれたのですが、だいぶん遠いところですから……」

釜木は考えていたが、お島のことは口にしないことに決めた。だが、やはり何も問わないで帰るのも心残りだった。釜木は気を変えて、

「こちらに今日若い娘がきたはずだが、あんたは知らないかね？」

と訊き、相手の顔色をじっと見た。だが、納所坊主の表情には反応はなかった。

「さあ、存じませんね」

「知らないというのは、あんたが留守でもして、来たかどうか分らないということかね？」

「いや、そういう方は見えておりません」

と、納所坊主は硬い表情で云い切った。

「そうか。それはお邪魔をした」

釜木はあっさりと踵《きびす》を返した。

彼は脇目もふらないで元の門をくぐった。

往来に出ると、もとの花と甘酒を売る店の前に出た。日が昏《く》れかけたせいか、店の中は前より暗くなっていた。そこにひとり客が腰かけている。それを見かけた釜木は、足の方向を変えて店の中に再び入った。

片眼のおやじがぎょっとなったような顔で彼を迎えた。

「甘酒をもらいたい」

客である。向うで断る理由はなかった。腰を下ろすと、先客は、これは甘酒でなく普通の酒を湯呑で呑んでいたが、その顔をちらりと釜木に向けた。一瞬だが、鋭い眼つきであった。

釜木は、その風采から八丁堀の同心だと分った。通りがかりに見たのも着流しに短い夏羽織が特徴だったのだ。

「亭主」

と、釜木は構わず、しぶしぶ甘酒を盆に持ってきた男に云った。

「やっぱりあんたが云う通りだったよ。いま円行寺に行ったが、そういう人間はこなかった、ということだった」

その声に、もう一度同心の眼が向いたが、それも一瞬で、少し向うむきになって酒を口に流していた。

「そうですかえ」

片眼の亭主は無愛想に、それだけは返事して奥へ引っこんだ。

同心はこちらに背中をみせている。釜木は甘酒をすする音だけ聞かしている。だが、両方の意識が見えないところで絡《から》み合っていた。

釜木は茶碗を置くと、

「亭主、十二文だったたな」

と、紙入れから銭をならべた。腰掛から起とうとしたとき、はじめて同心が身体ごと顔を釜木のほうへ向けた。

「失礼ですが」

と、同心は白い顔に微笑を浮べて呼び止めた。

「はあ」

釜木は腰を下ろす。

「いや、お引止めして申しわけないが、何か円行寺にお詣りでもされましたか？」

さりげない問いかただった。

「いや、そういうわけではないが、少したずねる人がありましてね」

「ほほう。お知り合いの方でも？」

「左様」

と、釜木は即座に答えた。

「若い娘が円行寺にお詣りすると云って出たきりなので」

「で、先方では何と云いました？」

同心は、むろん、川島正三郎だった。

「そういう人間はこなかったということです。もっとも、これは住職が留守で、納所坊主の返事でしたがね」

「なるほど。それはご心配なことで」

と、川島は同情をみせた。

「卒爾《そつじ》ながら」

と、今度は釜木から訊いた。

「あなたは奉行所のお方のようで?」

「左様」

川島はうなずいた。

「ご風采からしてそのように見受けましたが、奉行所の方なら、さぞかし、こういうことにお馴れになってることかと思う。差支えなかったら、わたしといっしょに円行寺に行って、もう一度娘のことを訊いて下さらないか?」

「……」

「遠いところではない。すぐそこに見える寺です」

と、釜木は指をさした。

暗い奥からは亭主と女房の顔がのぞいていた。

「それはちと難儀ですな」

と、川島は云ったが、思い直したように、

「お気持はよく分る。お名前とご身分を伺わせてもらえますか?」

「小普請組で釜木進一郎といいます。四谷に住居を持っておるもので」

「なるほど。釜木さん、とおっしゃる」

川島はひとりで呟くように云ったが、首をかしげて声を出したのは、どうもお頼みは引受けかねるというのだった。

「ご承知のように、わたしのような同心は、奉行所の正式な命令がない限り勝手に動くわけには参りません。で、ご心配のことがあれば、書式か何かで然るべきところに訴え出られたほうがよろしいと思います。そうして、上司のほうからわたしに探索にかかれという命令があれば、わたしがそれに従事することになります。……どうも往きずりにそう云われても、私事で働くわけには参りませんでな」

正当な理屈だった。

「次に」

と、川島はあざ笑うようにつづけた。

「おっしゃるように、円行寺の者が仮りに嘘を云って、それをわたしが糺《ただ》そうとしても、これは出来ないことです。なぜかといいますと、これもご存じのように、わたしは町方の者でしてな、神社や寺院は寺社奉行の管轄になります。このへんの通りでの出来事なら差支えないが、一歩でも寺の境内に入ったところで起ったことは、町方としてはどうにもならないわけです。残念ですが、こういうわけで、悪しからずおゆるしを願いたい」

「ごもっともなことで」

と、釜木進一郎はうなずいた。

「もし伺えるなら、あなたのお名前を聞かせていただけませんか」

「わたしの？　いや、それはお答えしないほうがいいでしょう」

「………」

「わたしはあなたの名前を伺った。釜木さんと云われたな。だが、わたしの場合は、いま、あなたのお話を伺ったときから、すでに半分は役人の立場になっている。したがって、あなたがお名乗りなさっても、自分の名前を必ずしも名乗らないでもいいことになっています。重々ご無礼を申すようだが、ご勘弁下さい」

「分りました」

と、釜木は了承した。

「では、ごめん」

と、釜木進一郎は目礼した。

「失礼」

同心も会釈《えしやく》を返した。

釜木が外に出ると、後ろで同心が笑う声が聞えた。茶店のおやじと談笑しているようなふりだった。が、釜木には彼の嘲笑としか思えなかった。

# 夜と昼

## 1

釜木進一郎は暗くなるのを待つため、一度、下谷から遠のいた。

あんなところに八丁堀の同心が来ていようとは思わなかった。どうしてあんな人間が円行寺の門前をうろついているのか。しかし、およその想像はつかないでもなかった。

あの同心も円行寺を目当てに来ていたのであろう。それは出雲屋の娘の行方を探すためではなく、同心が別な目的を持ってしたことだ。同心は出雲屋の娘が行方不明になったことなどを知らないはずだ。出雲屋からは奉行所に訴えていないので同心に報告が行くわけはなかった。

あの同心が臭いのは、門前の茶店に番人のように坐っていたことだ。八丁堀の同心は寺にくる誰かを警戒していたようにもみえる。もしそうだとすると、同心は、円行寺と利益のつながりのある何者かに頼まれていたという想像が起る。八丁堀の役人を監視に立てるくらいだから、その人物は相当な大物に違いない。

円行寺は大奥の中﨟浦風がよく出入りする寺だ。浦風はお美代の方の親しい相手である。ここまで考えれば、その大物がどの方面の人物か当りがつこうというものだ。その線なら八丁堀の同心を番人にするくらいはわけはないのである。

もとより、その人物が直接同心に云いつけたのではなかろう。同心は上の者から命令をうけたと思う。その上役はまたその上司から指示があったとみてよい。そうなると、その蔭の人物は奉行所という警察権力を動かしうる大物なのだ。

藤兵衛が探索を途中からやめさせられたことといい、ぼんやりとだが、眼に見えない巨大な相手が少しは輪郭を見せてきたような気がした。

釜木は、そう分ってくると、かえって勇気が出た。もともと小普請組の人間だ。どんなことがあろうと、これ以下に役は落ちない。小普請はほとんど無役と同じだから、旗本では最下位である。

もっとも、小普請でも当局に睨まれると甲府詰に追払われることはある。甲府に流されたら、一生江戸には帰ってこられない。島流しでなくこれは山流しである。

それも釜木には覚悟だった。親類縁者に迷惑をかけそうな先もなかった。もともと出世も考えず、徒党も居ない。

(ひとりほど強いものはない)

彼はそう思うと、自然に笑いが出た。相手にとって不足はないのである。いや、それどころか、他人が見たら、それこそ蟷螂《とうろう》の斧《おの》と嗤《わら》うかも分らない。だが、やり甲斐のあることだった。

あたりは昏れた。釜木は手拭を出して頰かむりをした。着物も尻を端折《はしょ》って、なるべく暗い路を寺のほうに引返した。下谷一帯は寺町だから、夜は人通りが絶える。崩れた塀の間から黒い樹が伸びているだけだった。円行寺の前に来たが、むろんさつき樒《しきみ》や甘酒を売っていた茶店も戸を閉めていた。

あの店の亭主も油断がならぬと、ここに来て釜木は思った。もしかすると、同心と同じようにそれとなく円行寺にくる人間を見張っていたのかもしれぬ。女房が何か云おうとしたのをあわてて制止した亭主のことが思い出される。

釜木は左右を見回し、塀に手をかけて乗り越えた。それほど高くなかったから難儀はないが、降りたところが草の茂った中で、崩れ落ちた瓦を足が踏み砕いた。

釜木は昼間見ているので、境内の模様に大体見当がついた。しかし、陽のあるとき闇夜とでは、こんなにも見た眼が違うものかと思う。木立は大きな屋根のうしろに真黒な塊りとなって威圧していた。すでに梟《ふくろう》が啼いていた。

釜木は足音を立てないように地面を歩いた。目当ては正面の高い屋根の影だが、庫裡《くり》はその横にある。灯も人影も見えなかった。

釜木は出雲屋の娘が果してこの寺に連れこまれたかどうか、まして今も監禁されているかどうか自信はない。しかし、この寺が普通でないことだけは分る。一応、中の様子をさぐらないと落ちつかなかった。

小さいといっても寺のことだし、内部は広い。まず、坊主の居る庫裡を探すことにした。昼間出てきた納所坊主は、住職はまだ帰っていないと云ったが、あれも本当かどうか分らぬ。はじめから敵意の眼でこちらを見ていたのだ。

釜木は庫裡の前に進んだ。戸が全部閉まっているので灯は洩れてないし、人声も聞えない。

暗い中で葉の匂いが僅かに漂ってきた。

寺のことで床は高かった。釜木は一度、その下に忍びこんで匍《は》い回ってみることを考えたが、それも回りくどいような気がして、どこか雨戸をこじあけて入ることに決めた。

闇に眼が馴れて来て建物の様子が分った。入るには勝手口が適当と思えた。玄関のほうは戸締りが厳重らしい。釜木が裏側に回りかけたとき、急に門の戸が高く叩かれた。

釜木は、その場に身体を沈めた。

まもなく裏口の戸があいて、提灯《ちょうちん》を持った男が門のほうに回った。草履の音が微かに地面に伝わった。

やがて門《かんぬき》をはずすと、くぐり戸から別な提灯が入ってきた。どうやら二人づれらしい。

「お帰りなさいませ」

という声は、戸をあけた男のものである。昼間の納所坊主らしかった。彼の言葉どおり住職は他出していて、それがいま戻ったところらしい。その限りでは、納所坊主の言葉に嘘はなかった。

「留守中に変ったことはなかったか?」

と、嗄《しゃが》れた声が訊いた。

「はい、べつに」

納所坊主が答え、門の閂をかけた。

「大儀じゃった」

住職が云った。二つの提灯と三人の黒い影は、表口に戻って、やがて戸締りの音を聞かせた。

住職が出て行ったとすると、出雲屋の娘がここに連れこまれた推定が少しおかしくなってくる。まさか納所坊主だけでその才覚が出来るとは思えない。娘を連れこむ側も住職が留守だと、それも出来かねるようである。これは違ったかな、と思った。

しかし、ここまで来たことだ。あとに心が残ってもいけないと思い直し、釜木は最初の計画どおり裏口に回った。微かだが、中で話声がしていた。さっき帰った住職と、留守居をしていた納所の会話かもしれない。残念なことに、話の内容は厚い戸に遮られて分らなかった。

釜木は苦労して勝手口の戸をこじあけた。音を用心しながらの作業なので、ときどき手を休めなければならなかった。

戸を半分あけて身体を中に入れた。むろん、あけた戸はそのままにしておいた。

寺だから勝手が広い。葬式などに備えて大勢の炊事が出来るよう土間も広かった。天井に太い梁《はり》が亘っているのも微かだが眼に映る。真ん中に井戸があって、車から縄が垂れ、一方の端の釣瓶《つるべ》は縁に載せてある。戸棚がやたらに眼についた。

釜木は上り框《かまち》に膝をかけた。これから座敷に忍んで行こうという魂胆だ。

家の中はしんとしている。さっきの話声は錯覚かと思った。住職は年寄りらしいから、すぐに居間に引取って寝たのかもしれない。

釜木が身体を板の間に完全に上げたときだった。想ってもみない事態が、その瞬間起った。

急に鐘が鳴り出したのだ。鐘撞堂《かねつきどう》の大きなそれではなく、本堂の軒につるした小さな鐘だ。それが無茶苦茶に響きはじめた。まるで火事のときの半鐘だった。

釜木は自分を失った。明らかに謀《はか》られたのである。だれかが自分のここに入ってくる様子を暗い中からうかがっていたのだ。

半鐘が釜木の判断を失わせた。咄嗟《とっさ》に頭を掠《かす》めたのは、この鐘で近所の寺の者が何事かと駈けつけてくる場面だった。寺だけでなく、普通の町家からも、百姓家からも人が走ってくるにちがいない。見つけられたら盗賊の行為とされる。

釜木のこの思案が用心を忘れさせた。脱出だけが彼の意識の全部を支配していた。だから、戸をあけておいた逃げ口に全く警戒心がなかったのである。

彼が出口から身体を出した瞬間だった。たしかに横合いから白い棒が流れてくるのは眼に止めた。が、避ける間はなく、彼の横腹はその棒をまともに受けた。

そこまではおぼえている。あとは意識を失った。

2

翌る朝だった。

藤兵衛のもとに若い男が訪ねてきた。彼は日本橋馬喰町の駕籠屋寅治郎の養子だと名乗り、昨日こちらの親分さんに頼まれたことをご報告にあがった、といった。

藤兵衛は、すぐに座敷に通させた。昨日駕籠寅の帳場で見た色の白い長い顔が、そこに背をかがめながら入ってきた。

「昨日はどうもご苦労さまでした」と駕籠寅の養子は慇懃《いんぎん》に云った。「実は親父がご返事に伺わなければならないのですが、ご承知のように寝ておりますので、てまえが代って参りました」

「そりゃご丁寧なことで」

と、藤兵衛は礼を云った。女房が茶を運んで去ってから、

「で、どうでした、分りましたかね？」

と訊いた。駕籠寅は駕籠屋仲間には古顔で、ほとんど江戸中の町駕籠屋の主を知っている。出雲屋の娘がどこの辻駕籠に乗せられたか、駕籠寅の手で訊いてもらうよう頼んでおいたのだ。

「あれからすぐに手分けして調べましたが」と養子は言った。「心当りの駕籠屋は一軒もございませんでした」

「なに、なかった？」

とたんに藤兵衛はがっかりした。

「へえ。ほかならぬ親分さんのお頼みですから、こぼれ落ちがないように十分気をつけて問合わせたのですが、どうも……」

「そうですか」

藤兵衛は、この報告に望みをかけていたのだ。だが、先方がそういう以上仕方がなかった。まさか調べかたが足りないからもう一度洗ってくれとも云えない。手下に叱言《こごと》を云うようなわけにはいかなかった。

「どうもお役に立ちませんで」

と、養子は詫びた。

「遠いところをわざわざ申訳ねえ。帰ったら、おやじさんによろしく云っておくんなさい」

養子は、そのように申伝えます、と慇懃に云ってすぐに帰った。

藤兵衛は庭に眼を向けた。駕籠寅の顔でほうぼうに訊いてくれたのだから間違いようはあるまい。それなら出雲屋の娘を乗せた駕籠は辻駕籠や町駕籠ではなかったのか。そうでないとすると、自分で抱えている駕籠だったのか。それだと武家屋敷ということになるが、出雲屋の番頭が見たのはたしかに町駕籠だと云っていた。では番頭の眼の誤りであろうか。

藤兵衛がいろいろ思案して気の進まない朝食を食べていると、神田の岡っ引、長六がひょっこり顔を見せた。

「おう、神田の」と、藤兵衛は早速迎え入れた。「昨日は忙しいところにつまらねえことを頼んで悪かったな」

長六には昨日自分の縄張り内の駕籠屋に当ってもらっていた。

「何の、おれのほうで手がかりがなくて悪かったな」

長六は腰から莨《たばこ》入《い》れを出して煙管をくわえたが、なにかもの云いたそうであった。藤兵衛も長六がわざわざくるからには昨日のことにひっかけた用事だろうと見当はつけた。だが、長六が少したためらっているようにも見えるので、藤兵衛も遠慮して黙っていた。すると、長六が雁首を叩き、それが決心の合図のように口を開いた。

「駒形の。今朝、駕籠寅の養子がここにこなかったかえ？」

長六がそうきいたので、

「うむ。どこかですれ違ったかえ？」と藤兵衛は答えた。「ちょっと前に帰ったばかりだ」

「やっぱり来たか。おめえがおれのところで聞きこみがなかったから、多分、駕籠寅のところに行ったんじゃねえかと推量してたんだ。すると、養子がその返事を持ってきたんだな」

「返事は持ってきたが、やっぱりその駕籠の心当りはねえと云っていた」

長六は黙った。返事をしないで手の煙管にもう一度莨を詰めようとしたが、ふと、それを宙に止めて、

「駒形の。こいつは大きな声では云えねえが」と藤兵衛の顔をじっと見た。「おめえ、何かお上に憎まれてるようなことをしているんじゃねえか？」

「お上に？」

「奉行所にだ。どうもおれにはそんな気がする」

「神田の。それはどういうわけだ？」

藤兵衛の頭には同心川島正三郎の姿が泛んだ。長六は川島から何か云われたのかもしれないと思った。長六は藤兵衛の旧い友だちだから、そうした秘密でもそっと運んできたのではなかろうか。藤兵衛には、そんな推量も起った。

「隠しちゃいけねえ」と長六のほうから云った。「おれもおめえと同じ考えで、おめえが帰ってからしばらくして駕籠寅のことを思いついたのだ。おれの縄張りに心当りがねえとすると、ほかの区域なら駕籠寅しかねえ。やつは江戸じゅうにその顔が利《き》いているからな。そのときはまだおめえが駕籠寅に回ったとは気がつかず、おれのほうからのこのこと出かけたものだ」

「そいつァ済まねえ」

藤兵衛は頭を下げた。長六は友だち甲斐のある男だった。

「礼を云われるのはまだ早い。話はこれからだ。……おれがその駕籠寅の前近くに行ったと思いねえ。すると、中からひょっこり出てきた男がいる。なんと、それが同心の川島さまだ」

「……………」

「おれは咄嗟に身体を物蔭に避《よ》けた。おめえの前《めえ》だが、川島の旦那はおれには苦手でな。それに、こっちが聞こうと思っていた駕籠寅から旦那が出てきたので気後《きおく》れがしたのだ。幸い先方はおれが隠れていることに気がつかず、すたすたと向うに行った。さあ、それからだ。おれは思案をしたよ。川島の旦那がなぜわざわざ駕籠寅のところに行ったのか。思わず結びつけてみたのがおめえの話よ。出雲屋の娘が町駕籠に乗せられてかどわかされたという一件で、川島の旦那が自分で探索をはじめたのかと思った。だが、そのうち、こいつは理屈に合わねえと気がついたよ」

「………」

「出雲屋ではまだそのことを奉行所に訴えてねえから、川島の旦那が知るわけはねえ。すると、旦那はどうして駕籠寅などにわざわざやって来たのだろう。あの旦那は人使いの荒いほうだ。自分から神輿《みこし》をあげて動き回るようなご仁じゃねえ。珍しいことがあるものだと思った」

「………」

「おれは駕籠寅に会うのをやめた。というのは、川島の旦那は聞込みに行ったのとは真反対に、もしかすると、おめえのことで駕籠寅に口止めしなすったのじゃないかとカンぐったからだ。こいつはおれの邪推かもしれねえが、もしそうだとすると、おめえ、川島の旦那の機嫌を何か損じてるんじゃねえか？」

藤兵衛はすぐには返事ができなかった。

「あれほど川島の旦那に気に入られたおめえのことだ。何をおいてもおめえに探索をさせなきゃならねえのに、自分でわざわざ出向く旦那の料簡が解せなくなる。考えられるのは旦那とおめえとの仲違いだ。だが、八丁堀と岡っ引の仲違いというのは普通ではまず考えられねえ。探索のことで方針が違ったというのなら、川島の旦那は別の岡っ引を使えばいいわけだ。おれはこう考えたよ。おめえは一方で駕籠を探す。川島の旦那はそいつを口止めして回る。すると、あれほどおめえを上手に使っていた川島の旦那が、今度は裏目に回っておめえを憎みはじめたんじゃねえかとな」

藤兵衛は神田の長六の長い話を聞いていたが、この友だちに全部を隠すわけにはいかなくなった。

「おめえからそう云われると嘘も云えめえ。神田の。ありようはおめえが推量した通りだ。だが、どういうわけでおれが川島の旦那に邪魔になったのか、そのへんが呑みこめねえ。ただ、隅田川で屋根屋の職人が船頭といっしょに舟から落ちて死んだことがある。これが人殺しらしいので、おれが探索に乗りこんだ。はじめ川島の旦那もそれをおれに云いつけたのだが、途中からおれのやりかたが迷惑になってきたようだ。それからよ、旦那のほうで手を引けだの、何かとおれに冷たく当るようになったのは……」

「そうか。やっぱりおれの思った通りだったのだな」

長六は初めて煙管に莨の粉を詰めた。

「その隅田川の一件というのはうすうす話に聞かねえでもねえが、おめえの考えどおりを話してくれねえか」

藤兵衛は、そう云われると迷った。この事件には藤兵衛の手の及ばない力が動いていることはうすうす分ってきている。それを話していいかどうか躊《ため》らいが起きたが、気の合った友だちのことだし、こうして足を運んで来てくれている好意に対しても無愛想にはできなかった。

彼は一部始終を長六に語った。ただし釜木進一郎のことは伏せておいた。

「そういうわけだったのか」

と、長六も聞き終って溜息をついた。

「それじゃ、川島の旦那の一存でもなさそうだな」

と、彼は慰めるように云った。

「駒形の。長いものには巻かれろだ。おめえにそう分っていれば、なにも自分からじたばたすることはねえ。好きな鉢いじりでものんきにやっとったほうがいいぜ。おれはおめえに怪我をさせたくねえのだ」

3

長六が帰って半刻ほど経ってからだった。

出雲屋から若い番頭が使いにきた。主人の手紙を持ってきたというので、藤兵衛はすぐに開いてみた。

内容はこうである。

「娘の主人浦風さまから使いの者が今朝きて、お島は昨日の夕方無事に部屋へ戻った、親御のほうで心配なさってるだろうから、このことを早速報らせておくということだった。それで自分も安心した、釜木さまや親分には心配をかけたが、こういう次第なので、どうか安心してもらいたい」

藤兵衛は、分った、と云って使いの番頭を帰した。番頭も主人から詳しい事情を聞いてないから、彼に訊いても無駄だと思った。

藤兵衛は濡縁《ぬれえん》に座蒲団を持ち出して、鉢植えをながめた。思案するときはこれが一番よかった。

彼は考えた。出雲屋の娘お島が大奥に無事に帰ったというのなら、これほどめでたいことはない。お島の主人がわざわざ使いでそう報らせたのは、昨日お島が駕籠で出て行ったままだからだろう。してみると、お島は釜木の名前でどこかに呼び出され、そのままお城に戻ったということになる。

藤兵衛は、妙だと思った。お島が城に帰ったとするなら、それは彼女自身の発意でなければならない。一方、釜木の名でどこかに誘い出されたのだから、もし誘い出した者が彼女を城に戻したとすれば、どうしてそんな手間をかけたのか分らなくなってくる。素直に考えると、お島が駕籠で或る場所まで行き、そこから城にまっすぐに戻ったことになるが、それだとお島はどうして実家にいったん帰らなかったのであろう。両親も心配していることはお島も知っている。無断でお城に戻ったという彼女の料簡が分らない。——

主人の浦風がお島は無事に戻ったと報らせたのだから間違いはないと思えるものの、辻褄《つじつま》の合わないことが多かった。だが、父親の新右衛門は浦風の報らせを信じきっている。彼の文面がそれを証明していた。

藤兵衛は、これは一応釜木進一郎に聞いてみるほうがいいと思った。彼の意見も叩かなければならない。釜木は、自分の名でお島が呼び出されたのをいちばん気にかけている。

出雲屋では、おそらく釜木にも同じような報告をしているであろう。釜木のほうも藤兵衛にこのことで話したいに違いなかった。

藤兵衛は女房に着物を出させた。

「おれが出て行ったら、ひょっとすると、入れ違いに釜木さまがお見えになるかもしれねえ。それだったら、ここで待ってもらうように云ってくれ。おれも釜木さまのところに伺うが、留守だと分れば、すぐに戻ってくるからな」

彼は云い置いて家を出た。

藤兵衛は駕籠を飛ばして四谷に行った。釜木の屋敷の前で駕籠を降り、玄関に立った。

「旦那さまはお留守でございます」

と、出てきた老婢が答えた。留守と聞いて藤兵衛は、おそれていたように、釜木が自分の家に向っていて入れ違いになったのかと思った。

「いつごろお出かけになりましたか？」

「はい、昨日からずっと……あなたさまとごいっしょに出かけられてからです」

老婢は藤兵衛の顔を見て云った。

「え、あれから?」

藤兵衛は、では、出雲屋の前で別れたきり釜木が帰らないのだな、と思った。どこに行っているのか、その心当りもない、と老婢は云った。

「では、出先からお報らせもないので?」

「はい、何もございません」

「こんなことを訊いては失礼かもしれませんが、旦那さまはいままでよくそういうことがありましたか?」

「いいえ、一度もございません。外にお泊りになるときは、お出かけの際ちゃんとそう申されますから」

老婢も気遣わしそうに云った。

「わたしは途中でお別れしたのですが、そのときは行先を伺ってなかったのでね。今日じゅうにもお帰りになるでしょう」

いままで無断で外に泊ったかどうかをたずねるのは控えなければならなかったが、この際別な意味で心配だった。

だが、旦那さまのことです。

藤兵衛は、半分は老婢の前をとりつくろう意味で、半分は安心させるために云った。

「もしお帰りになられたら、藤兵衛が伺ったとお伝え下さいまし」

藤兵衛は玄関を出た。なんだか胸騒ぎがしてくる。

あれから釜木進一郎はどこに行ったというのか。駕籠屋の聞きこみに行くという藤兵衛の言葉を聞き流し、釜木は彼と別れた。あのときの様子では何か目算がありそうだった。

もしかすると、釜木はその目当てのところに行き、不慮の災難に遭ったのではなかろうか。眼に見えない力が自分たちの上にじわじわとかかっていることを感じている藤兵衛は、つい、そんな不吉なことに想像が走った。

もし、このまま釜木が家に戻らないとすると——藤兵衛は、今度は自分の力で子分たちを動かし、釜木の行方を探さなければと心に決めた。

釜木の屋敷の門を出て五、六歩も歩かないときだった。彼はうしろから声をかけられた。ふり向くと、なんと同心川島正三郎が樹の蔭からニヤニヤしながら出てきたのである。

藤兵衛は、はっとした。暗いものが一どきに彼の眼の前をすぎた。

「藤兵衛」

と、川島は腰のうしろに腕を組みながら草履をゆっくり歩ませてきた。

「へえ。こりゃア、旦那で」

藤兵衛は頭を下げた。心の中では、どうして川島が釜木の屋敷の周りに来ているのか、その理由を見つけようとした。

「相変らず毎日精が出るようだな」

川島はうすい唇に冷たい微笑をのぼせた。

「へえ……」

「おめえ、何かえ、この屋敷の主人と知り合いかえ？」

静かな通りで、秋めいたおだやかな陽の下を、近所の女房らしいのが子供の手を引いて歩いている。反対側からは御家人らしい侍が二人、声高に話してきていた。もちろん、通行人のだれも、二人が奇妙で真剣な会話を交しているのを見向きもしなかった。

「藤兵衛、返事がねえな。おれはおめえに、この屋敷の主人と知り合いかどうかと訊いているんだぜ」

川島はねばねばした調子で追及した。

「へえ」

藤兵衛はいやな気持になった。ここで川島と顔を合わせようとは思わなかった。なんだか、川島がこの屋敷の前をさっきからうろついてさぐっていたように思える。

「へえ、いえ、ちょっと存じあげておりますので」

「ちょっと知っているのか。ふうむ」

川島は片脚を貧乏ぶるいさせながら、

「そりゃおれのほうが知らなかったわけだな。どういう間柄だ？」

「……」

「ちょっと知ってるからには、それなりの訳があろう？」

「旦那、こりゃわっちのつき合いのことでございます」

藤兵衛は、私事だから構わないでもらいたいという意味を、その言葉に柔らかく罩《こ》めた。

「おめえのつき合いだと？　そうか。それなら、よけいなことを訊くなというわけだな」

川島はうす笑いしていた。

「藤兵衛、この屋敷の主《あるじ》は何というお人だったな？」

「へえ……」

「おめえのつき合いなら分っているだろう。顔かたちはおれも知っている。色の浅黒い、上背のある、ちょいとした男前だ。小普請組のお方だということだが」

藤兵衛は、あっ、と思った。川島正三郎はいつ釜木進一郎を見たのだろうか。もちろん、このときの藤兵衛は、川島が昨日の夕方、円行寺の前で釜木と話し合ったことを知らない。

「どうだ、これだけ云えば、おめえも名前ぐれえはおれに教えてくれるだろう？」

それも川島が十分釜木の名前を承知の上で訊いていることだと分った。つまり、これは川島の嫌がらせなのである。

「へえ、釜木さまとおっしゃいます」

「釜木さんか。名前は？」

「進一郎さまです」

「釜木進一郎……なるほど、そういう名前だったのか」

と、同心はばかにしたような顔つきで、藤兵衛をわざと上から下まで見まわした。

# 五分の魂

## 1

同心の川島正三郎はニヤニヤしながら藤兵衛の横に立っている。彼から釜木進一郎の名前を聞きとったのだが、それで藤兵衛から離れるのでもなかった。川島は、釜木の名前はもとより、その素姓まで調べ尽してのことなのだ。ただ、ここで偶然藤兵衛と出遇ったので、急に意地悪く出たまでだった。

藤兵衛からいえば、川島が釜木の屋敷近くをうろついている理由がおよそは分っている。この事件は、かなり上のほうから指令のようなものが出ているらしい。その末端で川島が忠実に職務を実行しているのだろう。べつに川島が自分で釜木の屋敷をうかがう理由もなければ、それだけの原因もなかった。

川島の態度は、半分は照れ隠しである。こんなところをうろついている具合の悪さが、逆に藤兵衛に絡《から》んで出てきている。

しかし、藤兵衛は、もうこのへんが潮時だと思って、

「旦那、それではご免なすって」

と、頭を下げて別れようとした。

「もう帰るのか?」

川島はせせら笑った眼で訊いている。

「へえ」

「じゃ、おれも帰ろう。そこまでいっしょにおめえとつき合うぜ」

「へえ……」

気に入らない相手だが、藤兵衛はまさか断るわけにもいかなかった。これまで探索の上で彼の指図のもとに働いてきたことなのだ。

もっとも、これまで事件が発生しても川島は自分から積極的に探索に動いたためしはなかった。万事は藤兵衛にまかせっきりで過してきた。藤兵衛の腕を信頼していたというよりも、川島自体が怠惰なせいである。藤兵衛の側からいえば、彼は川島のためにこれまでかなり株を上げてやったはずだった。

藤兵衛が歩けば川島も横についてくる。

「藤兵衛、いい天気だな」

「へえ」

「陽気もいまごろからよくなる。外を歩いても楽だ。……ときに、おめえ、いま、何を手がけている？」

「へえ、べつに……何もやるものはございません」

これまでの事件から手を引けといったのは川島だった。実際、藤兵衛もあれを手放してはほかにやる気がしない。

「うむ、そりゃ結構な身分だ。それで、おめえは毎日、縁日で買ってきた植木鉢に水をやったり、寝転がったりしているのか。それが退屈になると、こういうところをうろうろしてるわけだな」

底意地のある云いかただと分っている藤兵衛は、相手にならないつもりで足を運んだ。川島は相変らずうすす笑いしながら、その横にならんで歩く。

「藤兵衛、おめえ、ちょっとばかり足が早すぎるようだぜ。もう少しゆっくりと行ってくれ」

「……」

「どうせ遊んでる身だ。おめえにはそう急な用事もあるめえ」

「へえ」

中間《ちゆうげん》をつれた武家屋敷の女房が通る。供連れの駕籠がすれ違った。稽古の帰りらしい若侍が竹刀《しない》を肩にかついで二、三人、笑いながら歩いている。——そうした屋敷町の風景は、四谷あたりまでくると下町に近い模様となる。あたりは店屋が多い。通る人間も、六尺棒をかついだ魚屋や、荷を馬に載せた百姓や、背中に天狗の面を負った金比羅《こんぴら》行者や、煙管の羅宇替屋《らおかえ》などだった。

四谷見附からしばらく歩くと神田橋になる。藤兵衛は、そこに出るのを待ちかねた。川島は八丁堀にゆく。当然、彼も傍を離れるわけだが、藤兵衛もそこまでつき合う必要はない。

「旦那」と彼は云った。「では、わっちはここで。ご免なすって」

「おや」川島は面白そうな顔をして、「どこへ行く？」

「へえ、本郷のほうに親戚がありますので、こっちから回ると近道でございます」

「なに、本郷に行くのか？　急にまた思い出したじゃねえか」

「………」

「ふしぎだな。おれも本郷のほうに用事がある。本郷のどこか知らねえが、途中まで話しながら行こうぜ。お互い、退屈しなくてもすむからなァ」

明らかに嫌がらせだが、川島は藤兵衛の渋い顔を喜んでいた。

「なあ、藤兵衛、そうイヤな面《つら》をするな。それとも何かえ、おめえ、おれがあの一件をおろさせたのが気に入らねえのか？」

「いえ、そういうわけじゃございません。わっちはあの一件から離れて、実のところほっとしてるところでございます」

「嘘をつけ」

「………」

「おめえは、おれが探索を紺屋に替えさせたのに向っ腹を立てているのだ。だがな、藤兵衛、おめえもそろそろ年だ。若えものに花をもたせてやるものだぜ」

「へえ、そりゃ、もう……」

「おめえ、口では利《き》いたふうなことを云うが、その顔つきでは、心とは裏腹だぜ。その証拠に、おめえはまだあの一件のあとを犬のように嗅《か》いで回ってるじゃねえか」

「いつも妙なところで旦那と出遇いますが、べつにあの一件を嗅いで回ってるわけじゃございません。何とはなしに旦那がそのへんに出張っていらっしゃるんで」

藤兵衛としてはせいぜいの皮肉だった。

「おめえ、おれがそれほど目ざわりか」

急に川島の表情が動いた。通りが狭くなり、それだけに両側は小店が多い。

「とんでもございません。旦那が目ざわりだなんて」

「何を云やァがる。おめえのその眼つきが承知しねえぜ。まるでおれを疫病神《やくびょうがみ》のように見ている」

「旦那、お言葉ですが、わっちはいままで旦那のためにずいぶんと働きました。お蔭でちっとは岡っ引仲間に知られた顔になりました。旦那にお礼を申しあげこそすれ、どうして疫病神だなどと思いやしょう」

藤兵衛はおだやかだが皮肉をこめて云った。

「なに、おれのために働いたと……なるほど、おめえ、それを恩にきせるつもりか？」

「いえ、そういうわけでは」

「いや、それにちげえねえ。まったくおめえはおれのためによく働いてくれた。おめえの云う通りだ。改めて川島正三郎礼を云うぜ」

川島はわざとらしく藤兵衛に頭を下げた。

「旦那、そりゃ困ります」

藤兵衛が正直にうろたえると、

「さあ、これでおれのほうの礼はすんだ。おめえにいつまでも恩をきせられちゃかなわねえからな」

川島は歩きながら伸びをする真似をした。

「これで、おめえとは相対《あいたい》だ。もう、おれが目をかけてやった藤兵衛でもなければ、おめえに働いてもらった川島でもねえ。いわば奉行所の同心と小者の間柄だ」

岡っ引とか御用聞きとかいうのは俗称で、正確には奉行所の小者という。小者は、奉行所に仕える役人でもなければ雇人でもないのだ。ただ同心が便利な手先として勝手に使っているだけだった。したがって、御用聞きの給金は雀の涙ほどで、とるに足らない。それでいて、どうして多くの手下といわれる子分を養っているかというと、岡っ引にはほうぼうから礼がくる。大名屋敷や大きな旗本屋敷に出入りする御用聞きは、それだけ裕福であった。

さて、川島は云う。

「そこで、訊くがな、藤兵衛。おめえ、小普請の釜木という人と組んで、あの一件のことで何かこそこそやってるな？」

「いえ、べつに」

「おい、かくすな。何よりの証拠はおめえが釜木の屋敷に行ったことだ。ありゃ何のために行った？　いやさ、どういう用件で釜木と知り合いになったのだ」

「……」

「ほら、口があくめえ。おれはちゃんと知っている。釜木といえば、昨日下谷の寺のあたりをうろうろしていたぜ」

「下谷の？」

いま、藤兵衛は、消息の知れない釜木の昨日の行動を図らずも川島の口から知らされた。あっと思ったのは、下谷と聞いて藤兵衛にぴんとくるものがあったからだ。

昨日二人で出雲屋に行ったとき、主人の新右衛門が、お島の病気見舞に中藹浦風の部屋子お澄がきた、それは下谷の円行寺に代参に行く途中だったらしい、と話したのを聞いている。

（釜木さんは円行寺に行ったのか）

すると、川島がそれを知っているからには円行寺の前に川島も行っていたことになる――円行寺に何かあると直感した。

お島はお城に戻ったと新右衛門は云っていたが、それも使いの口から聞いただけで、はっきり出雲屋がたしかめたわけではない。釜木も昨夜から家に戻っていない。

こう二つ組み合わせると、藤兵衛にも、いよいよ円行寺が怪しくなってきた。彼はじりじりした。

川島は、そうした藤兵衛の心を読んだように、まだ彼から離れなかった。

「藤兵衛、釜木と二人で何をやっているのだ？」

「………」

「釜木という道楽者の小普請組はどうでもいいが、おめえにはまだ朱房の十手を預けてある。十手をふところにした男がいろいろなところを歩き回っていると、こいつはだれでもお上の御用だと思い違いをする。おめえにはあの一件から手を引けとは云ったが、それだからといって、おれは御用風を吹かしてほうぼうを歩いて回れとは云わなかったぜ」

「旦那、よく分りました」

藤兵衛は頭を下げた。

「わっちはちょっと親戚のほうに急ぎますので」

藤兵衛が駈け出そうとすると、川島がその袖をつかんだ。

「藤兵衛、まあ、おれといっしょに行け」

「いいえ、急ぎますので、ご免なすって」

と、藤兵衛はそれを振り払うなり、よろけたふりをして、いきなり川島に体当りした。

油断があったので、浮いた川島の身体が、狭い路にまではみ出している漬物屋に横倒しとなった。その拍子に彼の身体は蓋をあけている沢庵《たくあん》の四斗樽の中にはまりこんだ。黄色い汁が川島の身体にかかるのを見てから、藤兵衛は一散に逃げた。

2

藤兵衛はいったん家に戻った。そこには子分の幸太が退屈そうに待っていた。

「幸太、いいところへきた。おめえ、すぐ、おれといっしょにきてくれ」

「親分、帰ってからすぐですかえ？」

幸太は藤兵衛のいつにない昂奮《こうふん》した顔を見て眼をまるくした。

「仕事の都合ではすぐもへったくれもねえ」

藤兵衛は女房に云って十手を出させ、それをふところに呑んだ。今夜は少し遅くなるかもしれないと云って、茶も呑まずに幸太をつれて出た。

「親分、どこへ行くんですかえ？」

「下谷に円行寺という法華寺《ほっけでら》がある。そこまでちょっとものをたずねに行くんだ。都合次第ではまたほかに回らなければならねえかもしれねえ。それで、ちっとばかり足を急がせるんだ」

幸太は藤兵衛に何かあったとみた。日ごろ落ちついている藤兵衛が妙にそわそわしているのである。

藤兵衛は、同心の川島正三郎をあの場で突き倒したことを考えている。川島のことだから必ずこの返報はあるに違いなかった。あの場では相手があまり執拗に絡んでくるので我慢ができなくなったが、さて、その仕返しがどういうかたちでくるか、覚悟はいまのうちにつけておかなければならない。そのためにも釜木進一郎の所在を突き止めるのが急がれた。

円行寺の近くにきたのは八ツ半（午後三時）ごろだった。左手の茶店をみて、

「幸太、せっかくお寺にきたのだ。何か花か線香でも買ってゆかなくちゃ恰好がつくめえ」

「そうですね。じゃ、わっちが線香を買ってきましょう」

幸太は茶店のなかに入った。藤兵衛がぶらぶらして円行寺の塀の前で待っていると、やがて幸太が片手に火のついた線香の一束を持って戻ってきた。

「親分、あすこの茶店のおやじは、どうも気に食わねえ奴ですね」

幸太は云った。

「おめえが線香代でも値切ったのだろう」

「いいえ、そうじゃありません。嬶《かかあ》みたいなのがこの線香を売ってくれたんですが、亭主は横のほうでじろじろとわっちの顔を見ていました。片眼ですが、どうもあの眼つきが気に入らねえ」

「なるほど。こっちをのぞいている、あの片眼の男が亭主だな……おい、ふり返っちゃいけねえ」

と、藤兵衛は幸太に注意した。

「それじゃ、われわれの様子をみているんですね」

「まあ、ほっとけ」

藤兵衛は幸太を促して円行寺のなかに入った。境内は参詣人もなく森閑《しんかん》としている。ふと見ると、本堂の脇で背の高い納所坊主が箒《ほうき》で掃除していた。

「もし、ちょっと伺いますが」と藤兵衛は近づいた。「こちらに、大奥にあがっておられるご中﨟の浦風さまのご先祖の墓があるそうですが、どちらですかえ？」

「浦風さまの？」

納所坊主は箒の手をとめ、瘦せた顔を藤兵衛にむけた。

「それはこの裏の墓地の奥にあります」

「それはありがとう」

「あ、もし。あなたがたは、浦風さまのご縁戚の方ですかえ？」

「へえ。縁戚ではありませんが、代参を頼まれましたのでね」

「代参？　浦風さまからですか」

納所坊主は怪しむように見た。

「いえ、浦風さまではありません。浦風さまのお部屋に上がっているお島さんからです」

「お島さん？」

若い僧の顔色が変った。

「ごめんなすって」

藤兵衛は、幸太を促し、本堂脇から小さな門をくぐって墓地の中に入った。教えられた通り、墓地の奥に少し立派な石塔が建っていた。その前の両の竹筒には花が挿してあった。花はもう凋《しぼ》みかけていた。お島の友だちのお澄が供えたものに違いなかった。藤兵衛は幸太から線香を受けとって前に置いた。

「幸太。うしろを見ねえで聞いていろ」

と、藤兵衛は墓に手を合わせながら低い声でいった。

「さっきの納所坊主がこっちをのぞいている。おれたちの様子を見ているのだ」

幸太も藤兵衛にならって手を合わせていたが、

「どうしてですかい？」

と、これも小さな声でき返した。

「さっき、お島さんの代参でここにきたといったろう。そのとき、あの坊主の顔色が変ったのを知っているか？」

「……」

「顔色を変えたのは、あの納所坊主がお島さんを知っているからだ」

「怪しい坊主ですね」

「まあ、知らぬ顔をしておけ。墓を拝んだら神妙に立ち上がるのだ」

「へえ」

藤兵衛を見ならって、幸太も腰をあげた。

「やれやれ。線香を持ってきただけで、水をもらってくるのを忘れたな。折角だから、お墓に水をかけてやりてえな」

「親分、こっちのほうにちっとばかりあります」

幸太は別な墓の前に桶が忘れられたように置いてあるのを見て云った。水が半分ほど、底のほうに残っていた。

「こいつはいいあんばいだ。そいつを持ってきてくれ」

藤兵衛は桶をうけとったが、柄杓《ひしやく》がないので、そのまま水を墓にかけた。水は墓石から地面を濡らした。地面に撒《ま》かれた水は大きくひろがったが、地が乾いているので忽《たちま》ち吸いこまれた。その乾上《ひあ》がってゆく様子を藤兵衛はじっと見ていた。早く乾いたところは白くなり、遅いところは黒くなり、しばらくは斑《ふ》をつくっていた。

「さあ、今日はこれまでだ。あの納所坊主にはかかり合わねえで出て行くんだぜ」

「親分、さっきの茶店の亭主といい、納所坊主といい、この寺は変な寺ですねえ」

「うむ。まあ、そうぼやくな」

二人がもとのほうに向くと、今までのぞいていた納所坊主の姿はなかった。しかし、彼は本堂の横の、前の位置で箒を動かしていた。

「どうも、ありがとうございました」

藤兵衛が挨拶して通ると、納所坊主は気づいたふりで、

「おまえさんたちはお島さんに頼まれてきたそうだが、どちらからおいでになったのですか」

と、呼びとめた。

「あ、もし」

坊主の眼は光っていた。

「わっちどもは出雲屋に出入りの鳶《とび》の者です。どうもお邪魔さま」

藤兵衛が歩き出すと、納所坊主は黙ったまま、そのうしろ姿を見送った。

「あの坊主、まだ、こっちを睨んでいますぜ」

幸太が門を出ながら云った。

「うしろにはあの坊主、前には茶店の片眼野郎ときている。前門の虎、後門の狼とは、このことですかねえ」

「なに、それほど怕《こわ》くもあるめえ。普通の様子で歩くのだ」

「へえ」

「幸太、今夜はちっとばかり藪蚊《やぶか》にくわれるかも知れねえぜ」

「この寺を探索するのですかい？」

「うむ。それまで、ここから離れたところで腹ごしらえをしよう」

## 結束

### 1

藤兵衛と幸太とはわざと下谷から遠い浅草よりの小料理屋で晩飯を食った。今夜は少し遅くなるかもしれないというので、藤兵衛は幸太に銚子三本くらいを呑ませた。

「ぼつぼつ出かけようか。そろそろ五ツ（午後八時）になるぜ」

浅草から下谷円行寺の傍まで戻ったときが五ツ半（午後九時）近くだった。寺町の夜は人ひとり歩いていない。もちろん、線香や樒《しきみ》を売る茶店も戸を閉めていた。

藤兵衛は幸太といっしょに寺の前の道端の茂みにしゃがんだ。

「親分、なるほど藪蚊がひどいですね。そろそろ秋に入ったというのに、このへんの藪蚊はしぶとい」

幸太はふところから扇子を出して顔のあたりを払った。

「おめえは酒を呑んできたから、その匂いを好いて蚊がたかってくるのだ」

「ちげえねえ。そんならあんまり呑むんじゃなかった。どのくらいここに辛抱するのですかい？」

「まあ、二刻《ふたとき》くらい経って何事もなかったら、引揚げることにしよう」

四時間の辛抱は幸太にはつらそうだった。しかし、それほど我慢することもなかったのは、やがて道のはしに提灯の灯が一つ現れたからだ。提灯はゆっくりとこっちに進んでくる。

藤兵衛が眼を凝《こ》らすと、提灯をさげているのは小坊主で、導かれているのが円行寺の住職らしい。

藤兵衛が身を起すと、幸太もつづいた。藤兵衛は提灯の傍まで近づき、

「もし、そこにおいでなさるのは円行寺の御住職ですかえ？」

と訊いた。提灯の灯は立停った。灯影に映ったのは老僧と小僧だった。小僧が風呂敷包を提げているところをみると、檀家からの帰りのようだった。

「あなたはどちらさまで？」

と、住職は藤兵衛をうかがうように見た。

「へえ、わっちは出雲屋に出入りの鳶の者ですが」

そこまで云いかけると、住職の顔色がさっと変った。彼は小僧を促して、急いでそこを通り抜けようとした。藤兵衛は、その衣を押えた。

「もし、御住職、出雲屋のお嬢さんのお島さんをどこに隠しなすったかえ？」

「知りませんよ」

と、住職は衣の袖を払おうとしたが、藤兵衛の力に摑《つか》まれて身動きできなかった。傍の小僧は、この様子に逸早《いちはや》く駈け出そうとしたが、それは幸太が、

「おい、静かにしろ」

と、押えた。

住職は藤兵衛の顔を見て、

「出雲屋さんはわたしのほうの檀徒ではありませんから、かかわりはありませんよ」

と弁解した。

「いや、そうじゃねえ。ご住職、たしかにお島さんはあんたの寺に匿《かく》まわれている。それもこっちに分っていますよ。駕籠屋が連れこんで、寺の中に留め置いたはずです。さあ、教えて下さい。出雲屋では親御さんが夜の目も寝ずに心配してるんです

よ」

「一体、おまえさんは鳶の者だというが、どこのだれだね？」

と、住職は少し攻勢に出た。藤兵衛はふところから十手の朱房を見せた。

「実は、おれはこういう者だ」

住職はそれを見て急に黙りこんだ。

「出雲屋の娘がかどわかされてあんたの寺に入ったまでは調べがついている。さあ、それから先を教えてもらいてえ」

「何と云われても……」

藤兵衛は、その和尚の顔をじっと見て、

「なるほど、おめえさんにはかかわりはねえかもしれねえ。だが、礼金をもらって寺を貸したにちげえねえ。もし、隠しなさると、寺の難儀になりますぜ」

「………」

「さあ、おまえさんはここの和尚だ。その娘御がこの寺のどこにいるか早く教えておくんなさい」

不意なことだったが、藤兵衛はうしろから何者かに組みつかれた。提灯の灯が同時に消えた。藤兵衛は咄嗟《とつさ》のことで地面に引倒されたが、相手は思いのほか力が強かった。

「この野郎、うぬはだれだ？」

藤兵衛は揉み合いながら鋭く云ったが、男は答えなかった。無言でますます力を入れてきた。

が、その男が今度はのけぞって逆に倒れたのは、幸太がうしろからとびかかったからだった。

「この野郎、ふてえ奴だ」

相手の頬桁《ほおげた》を殴る幸太の手の音が聞えた。藤兵衛が起き上がったとき、向うはかなわないとみたか、急に身を翻して逃げにかかった。

「幸太、そいつを逃すんじゃねえ」

「合点です」

相手もすばしこく幸太の手からするりと抜けた。

「野郎、待て」

幸太が追って行った。

藤兵衛は、その男のことは幸太にまかせ、住職を捜した。和尚は、いまの騒ぎの間に寺の門の前まで逃げていた。藤兵衛は、そこで追いついた。

「もし、お住職」

と、彼はまたその肩を押えて云った。

「出雲屋の娘はお寺からどこに行きましたかえ？　親御の身になって知ってることを云って下さい」

小僧の姿も居なくなって和尚ひとりになって心細いのか、それとも、藤兵衛が十手を見せたためか、住職はようやく答えた。

「娘さんはもう寺には居りません。はっきりしたことは知りませんが、なんでも向島のほうに移って行ったということです」

「なに、向島？　向島はどこかえ？」

「向島か、浅草か……その辺です」

和尚は言葉を濁した。

「浅草と向島では隅田川を境にしてずいぶん違う。どっちが本当ですかえ？」

「それはよく知りません」

「それでは訊くが、娘さんをおまえさんとこの寺に預ってくれと云ったのはだれですかえ？」

「……」

「まさか、おめえの寺はかどわかし者を預る宿坊でもあるめえ」

藤兵衛は強く云った。

「それはもう……」

「だれかに頼まれたんだ。それもよっぽど寺の義理のある人からだろう。どうだ、和尚、その名前をこっちからいってみようか？」

住職は怖れるような眼で藤兵衛の顔をうかがった。

「円行寺を菩提寺《ぼだいじ》にしている大奥の浦風さまだろう？」

住職は微かに首を振ったが、それは弱々しかった。

「浦風さまの使いとしてどういう人が来たんだ？　さあ、それを云っておくんなさい」

「……」

「それじゃ、こっちから口上を少々ならべるぜ。浦風さまの使いという者がきて、この娘御を預ってくれといわれたので、おまえさんも初めは疑わずに承知した。ところが、そのあとの様子が少々変っている。娘は寺のどこかに見張りをつけて留め置かれた。それだけじゃねえ。住職のおまえさんもその部屋には近づけなかったに違えねえ。その娘がまた別な駕籠に乗せられて出て行ったのがとっぷりと昏れた夜のことだ。さあ、これだけ呼び水を入れたら、おまえさんも黙ってはいられめえ。その使いの者はどこのだれだ？　出雲屋の娘をどこに連れてゆくと云った？」

このとき、うしろのほうから急いでくる足音がした。藤兵衛は、さっき怪しい者に組みつかれた経験があるので、思わずそれに気をとられていると、突然、住職が走りだした。あっ、と思ったのは、それが住職でなく、だれかが彼を背負って逃げ出したのだ。それもおそろしく足が速い。

藤兵衛が追いかけると、彼の臑《すね》に石が飛んできて当った。思わず怯《ひる》むと、ばたんと門の扉が閉まる音がした。

「親分、どうしました？」

「和尚が逃げた。追っかけろ」

だが、寺の門は内側から早くも閂をかけてびくともしない。

「親分、塀を乗り越えましょうか？」

と、幸太は歯痒《はがゆ》そうに云った。

「まあ、待て」

藤兵衛は幸太を押えて、

「おめえのほうはどうした？」

と訊いた。

「へえ……どうもすばしこい奴で、逃してしまいました。面目ねえ」

と、幸太は頭を掻いた。

「まあ、いい。あの男がだれだか、およそ見当がついている」

「その仕返しだ。親分、寺の中に入りましょう」

「そいつは無駄だ」

「え？」

「いったん寺の中に入ってしまえば寺社方の支配だ。おれたち町方が勝手に踏みこむことはできねえ。相手もそれを知ってるから、逸早《いちはや》く和尚を中に抱えこんだのだ」

「すると、昼間に見た、あの気に食わねえ納所坊主ですか？」

「逃げた小僧が納所坊主に報らせたに違いねえ」

「いまいましい野郎ばかりだ」と幸太は暗い寺を睨んで口惜しがった。「藪蚊に食われた上、着物は泥だらけでさ」

「まあ、そう云うな。おれのカンが当っただけでも少しはましだ」

「親分のカンとは何ですか？」

「出雲屋から番頭が使いにきて、お島さんは城に帰ったという報らせがきたから安心してくれというのだ。それはお島さんを使ってる浦風という大奥女中から手紙がきたというのだ。出雲屋では手放しで喜んでいるが、おれは怪《おか》しいと思った。案の定、和尚にカマをかけたら、やっぱりこの寺からよそに移されている」

「けど、親分、お島さんはこの円行寺からお城に帰ったんじゃないですかい？」

「そいつは考えられねえ。和尚の話では、この円行寺から向島か浅草のほうへ連れてゆかれたと云っていた。その移された先が少々難儀だな」

と、藤兵衛は何かを考えて重い顔になった。

「すると、釜木さんも案外そっちの方角じゃねえでしょうか？」

「うむ。おれもいまそれを思っていたところだ。もし、向島だと、こいつは少々こっちの手に負えねえことになりそうだな」

藤兵衛は嘆息した。

2

藤兵衛は、同心の川島から何か仕返しがくるものと思っていた。必ずそれが来なければならない。

岡っ引が同心を往来で突き飛ばしたのだ。話は逆である。もちろん、藤兵衛にそういうつもりはなかったのだが、しつこい川島にどこまでもつきまとわれ、彼から離れたいため身体を押したのが、もののはずみで川島を漬物屋の桶に仆《たお》れさせた。いまでも漬物桶の中にはまりこんだ川島の姿が眼に残っている。これは藤兵衛にも思いがけないことで、あっと思ったのだが、どうにもならなかった。あれではその返報がないのがおかしい。

予感は、藤兵衛が円行寺の前に忍んだ翌る朝に現実となって現れた。しかも、川島の使いとしてやってきたのが紺屋《こうや》の吉次だった。

藤兵衛も初めは吉次がその役目できたとは思わなかった。だから、久しぶりに訪ねてきた後輩を彼はむしろ歓迎したのだった。例の探索のことで或いは自分の知恵を借りにきたのではないかと、ひそかに自惚《うぬぼ》れたくらいだ。

「お絹のほうはどうなっている？」

藤兵衛のほうから吉次に訊いた。お絹の無実が分っているので気になって仕方がない。

それに対して紺屋の吉次は捗々《はかばか》しい返事をしなかった。とにかくお絹は白状したから、もう牢のほうへ渡してあるというのだ。

「紺屋の。そいつは少し早まったな」と藤兵衛もそう云わないわけにはゆかなかった。「そいつは何か証拠があってのことかえ?」

「証拠は当人の白状ですよ」

と、吉次は前と同じことを繰返した。

「それに、あの晩お絹が家に居たとははっきり分らねえ。お絹のおふくろは娘といっしょに寝ていたというが、なに、親の云うことはアテにはならねえ。おふくろはお絹を庇《かば》っているのです」

若いだけにムキになっているのである。

しかし、藤兵衛は、その吉次の眼が妙に彼を避けているのに気がついた。吉次も自分の主張に自信はないようだ。自信がないから言葉だけが強くなるのだろうと思った。

ここにも川島の影が射していた。紺屋の吉次は川島にまるめられている。若い岡っ引は功名心に逸《はや》って川島に乗せられているのを自分でも知っているのだ。とかく二代目として岡っ引仲間から軽く見られている吉次は、ここで男になろうとしている。藤兵衛の手からとり上げた難儀な一件を川島に任されて意気ごんでいるのである。

死んだ父親と附合っていた藤兵衛への義理を吉次はあんまり感じてないようだ。いや、それは感じているかもしれないが、何よりも若い吉次の功名心が先に立ってわざと眼をつむっているのだろう。

「実は小父《おじ》さん」

と、吉次はさすがにもじもじしていたが、思い切ったように言葉を改めた。

「今日はあんまりいい使いできたんじゃねえ。どうも云うのがつれえのです」

「何だか知らねえが、おまえとおれとの間だ、斟酌《しんしゃく》はいらねえ。思った通りに云ってみな」

藤兵衛は煙管を置いて微笑した。云いにくいことを吉次に気楽に云わせたい心《こころ》遣《や》りだった。

「そんなら云うが……小父さん、怒っちゃいけねえぜ」

「なに、怒るものか」

「今日きたのはおれの用事じゃねえ。実は川島の旦那の云いつけだ」

「なに、川島の旦那の？」

藤兵衛は吉次の顔を見戍《みまも》った。早くもその用件というのが胸にきた。

藤兵衛はむっとした。川島から何か云ってくることは覚悟していたが、まさか吉次をその使いに立てるとは思わなかった。そこに川島の皮肉があった。彼らしい嫌がらせなのだ。

「川島の旦那の云われるには……」

と、吉次はさすがに藤兵衛から眼を逸《そ》らして云った。

「今度都合があって、小父さんに預けていた十手捕縄《とりなわ》を一応返してもらいてえ……こういう話なんだけれどな」

藤兵衛は瞬《またた》きもせず吉次の顔を見つめた。川島は藤兵衛から岡っ引という職業まで奪《と》ろうというのである。

もっとも川島がそうした処置をとるかもしれないというおぼろな予想は藤兵衛にあった。しかし、まさか、とも考えていた。この職業に入ってずいぶん長い間である。その間、かずかずの手柄は立てているつもりだった。川島の顔がよくなったのも藤兵衛が働いたからである。

(そのおれを……)

という気が藤兵衛に憤りを起させた。思わず、かっとなって吉次を怒鳴りつけたい衝動に駆られた。

しかし、仮りにも岡っ引が同心を突き飛ばし、漬物桶の中に転倒させたのだ。川島の立場ともなれば、タダでは済まさぬという気が起るだろう。あるいは、川島は藤兵衛に対してそうしたきっかけを求めていたのかもしれぬ。

正式には小者と呼ばれる岡っ引は、べつに奉行所から保障された身分ではなかった。いわば同心が自分で使っているような私的な存在である。だが、慣行上、探索掛りの補助として奉行所に認められているので、必ずしも全然私的ともいえない。それで同心個人の感情で岡っ引を改廃させることはできない。

だから、この場合、川島が藤兵衛の十手捕縄をとり上げるといい出したのは、奉行所の上のほうの了解を得ているからであろう。いくら何でも川島だけの権限ではそんなことはできぬ。上司のほうで川島の云うことを承認したのは、それだけ大きな力がこの事件で別な面から加わっていると考えねばならぬ。これは藤兵衛がこの一件を手がけて以来たびたび感じたことだった。

「そうか」

藤兵衛は穏やかな眼でうなずいた。怒りを表面から鎮めて、諦めにも似たようなおだやかさがそれに替っていた。

「そうか。川島の旦那がそう云ったのか」

「小父さん、おれの考えでは、それも一時のことだ。そう長くはねえと思う。お上のほうだって、これまでの小父さんの働きを十分にご存じのことだからな……この際、いろいろと腹も立つだろうが、一時、川島の旦那の云うことに従っておくんなさい」

紺屋の吉次は、半分は慰めるように、半分は川島の代理として説得するように云った。

「なに、腹が立つものか」

と、藤兵衛はわざと笑った。

「川島の旦那がそうおっしゃるからには、奉行所の命令だろう。いいよ」

藤兵衛は起って、箪笥《たんす》の引出しの中から布に包んだ十手と捕縄とを一揃えとり出した。

「紺屋の」

と、彼はそれを吉次の前に置いた。

「よく改めてくれ。たしかにおめえに渡したぜ」

「へえ」

吉次は受取って中身を見ていたが、顔には藤兵衛への遠慮がはっきり出ていた。

「たしかに預りました」

彼はそれを持ってきた風呂敷に包み直して膝の上に置いた。

「では、小父さん、用事だけを済ませるようで悪いが、今日はこれで帰ります。また改めて伺いますよ」

吉次もさすがに居づらそうであった。

「そうか……紺屋の。これを川島の旦那に渡すときに云ってくれ」

「……」

「長い間お世話になりましたとな。これで藤兵衛もすっかり楽になれたと申しあげてくれ」

「小父さんは、ほんとにこのまま遊ぶんですかえ？」

「遊んで食えるような結構な身分じゃねえから、何か小さな商売でもはじめなければなるめえ。だが、それまでは庭いじりでもしよう」

「子分はどうなさるつもりかえ？」

「みんなそれぞれ嬶《かかあ》が働き者だから、おれと違って食うのには困らねえ。そいつは安心だが、奴らも好きでやってきたことだ。これをやめたら寂しいに違えねえから、紺屋の、そのうちおめえのところに頼みにゆく者がいるかもしれねえ。そのときは断らずに使ってやってくれ。おれの口から云うのもおかしいが、みんな腕はいいはずだ」

「喜んで引受けるけど、小父さん、いまも云った通り、これも一時のことだとおれは思っている。改めてこの十手が返されたときに備えて、手下は小父さんのところに留め置いたほうがいいぜ。いや、これはよけいなことだがな」

「ありがとう。だが、いったん十手をお返ししたからには二度とやる気はねえ。おめえの気持だけはうれしく受取っとくぜ」

3

その日の午後《ひる》から幸太がきた。亀吉がきた。伝八、春造、銀五郎もいっしょにきた。

紺屋の帰った直後にきた幸太が、藤兵衛が十手を返したと聞いて、これは一大事だと思って皆を集めたらしい。その中でも古い幸太が皆の代表になった。

「親分、今度の川島の旦那のやり方は合点がいかねえ」と彼は長火鉢の前に居る藤兵衛に詰め寄った。「それで親分は何とも思わねえのですかい？」

「思っても仕方がねえ」藤兵衛は煙管をくわえて答えた。「たとえ川島の旦那の言葉でも、お上のご都合で決めたことだ。いまさらおれがどう口ごたえしたところで役に立つ話じゃねえ」

「そんなら、親分は、もう、この仕事から足を洗いなさるのか？」

「洗うも洗わねえもねえ。お上から止められたから、当分は盆栽いじりでもするつもりだ。それにつけては、みんな、よく聞いてくれ。おめえたちはいままでおれのためによく働いてくれた。礼を云うぜ。ところで、心配なのは今後のおめえたちの身の振り方だ。見渡したところ、幸太をはじめみんな、女房が商売をするか手に職をつけている。まあ、世間でいう左団扇《ひだりうちわ》。亭主の稼ぎをアテにしているような女房は一人もいねえようだ。だが、おめえたちも好きでこの道に入ったのだ。ここでおれといっしょに日向ぼっこをするんじゃあんまり可哀想と思う。それで改めて訊くが、このままいまの道をつづけてえ者は遠慮なく云ってくれ。さっき来た紺屋にもそのことは話してある。どこの親分でもいい。望みのところへおれが世話をするぜ」

「親分」と亀吉が口を出した。「そいつはあんまり情のねえ話だ。いまさら親分を離れてよその親分につく気はしねえ。殊に紺屋の若親分なんか、こっちの方で願い下げだ」

「亀の云った通りだ」と伝八もつづいた。「おれはたとえ親分が十手を返しても、どこにも行く気はしねえ。おれたちもきれいさっぱりと足を洗うことにする」

「そうだ、そうだ」

と、春造も銀五郎もそれに口を合わせた。

「親分、聞いての通りだ」と幸太が云った。「いままで親分の下について働いた者は、みんなよそには行きたくねえと云っている。だが、好きで入ったこの道をやめるつもりもねえようだ。そこで、親分、何とか十手を返した川島の旦那に掛合って、もう一度親分にそれを戻してもらえるようにならねえもんですかね。親分も川島の旦那にはずいぶん尽していなさる。第一、川島の旦那のほうが間違っているのだ」

「親分、幸太の云う通り、何とかなりませんかね？」

と、亀吉もついて云った。

「やかましい」と、藤兵衛は煙管を火鉢に叩いた。「お上が決めなさったことだ。間違いがあるはずはねえ。こっちで文句をつけるのは筋が立たねえ」

「だけど、親分。今度のことはだれの眼から見ても川島の旦那の一存だ。川島の旦那は、そう云っては悪いが、近ごろ、親分に妙に意地悪く当っていなさる。あの仁《じん》は料簡が面白くねえ。だから、親分が別の旦那衆に頼めば、必ず十手捕縄はまた預けて下さると思うんだ」

幸太が云った。

「おれはもう御用聞きには未練はねえ」と、藤兵衛は答えた。

「せっかくのんびりと植木鉢をいじろうと思ってたところだ。よけいなことは云わねえでくれ」

「そんなら、親分はどうあっても？」

「くどくど云うんじゃねえ。おれの気性はおめえたちにも分ってるはずだ」

五人の子分は互いに顔を見合わせて黙っていた。明らかに藤兵衛の云うことに不満を持っている。だが、これ以上云うと、藤兵衛の機嫌をますます悪化させそうなので言葉を控えている。

そこに女房のお粂があわただしく襖をあけた。

「あんた、釜木の旦那が見えましたよ」

「なに、釜木さまが？」

と、煙管を棄てて一番に片膝を立てたのが藤兵衛だった。

「どうなすっている？」

これは自然に出た言葉で、釜木進一郎が無事な姿で来たとは思わなかったからだ。駕籠に乗せられてきたか、担架にかつがれてきたか、とにかく尋常な身体ではないと予想したのである。

「どうもこうもない。この通りだ」

と、釜木進一郎がほほえみながら顔を出した。

「これは、旦那」

藤兵衛がぼんやりと釜木の顔をみつめる。一向に変りのない彼の姿だった。子分たちは座敷の隅に退《さが》って釜木の坐る場所をつくった。

「旦那。よくご無事で」

藤兵衛はまだ眼を疑っている。とてもまともな姿では現れないと思っていた推量からまだ解けない。

「ひどい目に遭ったよ」

と、釜木はにこにこして藤兵衛と差向いに坐った。

「一体、どうなすったので？　お屋敷のほうに伺っても、前の晩からずっとお帰りにならないと聞きましたので、もしや、お身体に変事でもあったのではないかと……」

「その変事は大ありだ」と、釜木は少し顔をしかめた。「いまでも脇腹の打傷が痛む」

「いってえ、それは……」

「まあ、聞いてくれ。ありようはこうだ」

と、釜木が云い出したのは次のような話だった。

夜中に、円行寺に忍びこんだのはいいが、向うの計略にひっかかって半鐘を鳴らされた。人が集ってくる前に逃げねばと焦ったのが油断で、罠《わな》にはまった。それからは気を失ってどうなったか分らない。

気がついたのが或る寺の庫裡の中だった。或る寺というのは、気がついた釜木に円行寺の中だと錯覚を起させたが、あとで違うと分ったからだ。

そのとき顔を包んだ立派な武士が現れて云った。

（つまらないことに好奇心を起すでない。今度は無事に帰すが、この次また妙な真似をすると、命がないと考えるがよい。あんたも天下の直参《じきさん》だ。少しは体面を考えられたほうがよかろう）

何も返事をしないでいると、その晩は寺の一部屋に留め置かれた。食事は寺男ともつかない町人が黙って運んでくる。何を訊いても返事をしない。逃げようにも自分が厳重に監視されているのが分って、それもできなかった。どうやら大勢でとり囲んでいる気配なのである。ここで下手《へた》をすると危険が考えられるので、しばらくはおとなしく様子を見ることにした。

それから昨夜遅く駕籠に乗せられた。留め置かれた寺の所在が分らないように途中まで眼隠しされた。初めてそれが除《と》れたのは屋敷に近くなってからである。それで、昨夜は屋敷でぐっすりと睡《ねむ》り、昼ごろ起きて、こうしてやって来たというのだ。むろん、留守に藤兵衛が訪ねたことも釜木は知っていた。

「おれの居た寺は、たしかに向島だ」

と、釜木は云った。その証拠は、眼隠しされて駕籠に揺られたが、途中、長い長い橋を渡った。あれだけ長い橋を渡るのは隅田川しかない。しかも、寺から橋にくる間の距離は短く、橋を渡ってから自分の屋敷に帰るまでの距離は遠い、と釜木は説明した。

「こりゃ大物だぜ。藤兵衛」

いうまでもなく向島には中野碩翁の別荘がある。相手は名にしおう碩翁だというのだ。

「それで読めました」

と、藤兵衛も云った。円行寺の和尚が、お島の行先は向島か浅草だ、と洩らしたことである。方角は一致していた。

「藤兵衛。おれはかえって元気が出た」と、釜木は云った。

「いっしょにやろうぜ」

「旦那」藤兵衛は急に力を失ったように云った。「あっしはもう岡っ引ではなくなりました。十手捕縄もお上にお返ししたのです」

「なに、それはどうしたわけだ？」

藤兵衛は一切の事情を話した。

「そりゃ無法だ」

と、釜木は叫んだ。それも碩翁の勢力からきているのだと彼もいう。一同心の川島の考えではない。上のほうから邪魔な藤兵衛を辞めさせたのだ、というのがその推量だった。

「かまうことはない」と、釜木は明快に云った。「たとえ十手や捕縄がなくても、おまえほどの腕があれば、ことを調べるのになにも朱房の十手なぞいらない。かえってこれからは自分の思うままにやれるのだ。八丁堀にいちいち報告しないだけでも敵の裏が掻けるのだ。どうだ、おれの力になってくれるか？」

「旦那」と、幸太が膝を乗り出した。「いいことを云って下すった。あっしどもも
いままでどおり親分の手足になって働きます。どうか働かしておくんなさい」
ほかの子分たちも幸太といっしょに頭を下げた。

# 首なしの水死人

## 1

朝の大川は、まだ舟も少なかった。

両国橋から向島に寄ったほうの西側は浅草蔵の白い塀の棟がつづいている。東側は御材木蔵《おざいもくぐら》で、高い板葺《いたぶき》屋根にうすい朝陽が当っていた。御材木蔵は酒井信濃の支配で、も少し上にのぼると川舟の御改所がある。

五ツ（午前八時）ごろだった。川舟に米俵を積んだ船頭が蔵前側に舟を着けようと川の真ん中を回りかけたとき、水の上に麻の葉模様の赤い着物が揺れているのが見えた。

船頭は、こうした水死体には馴れている。殊に着物だけで若い女と分ったから、むしろ喜んで方向をとり直した。近づいてみると、着物の裾から白い脚が二本と、両手がひろがって波間に漂っている。

船頭の位置からみて脚のほうが手前だったので顔まではよく分らない。死体の半分は水の下だったので顔も水に隠れている。そう思って船頭が舟をその死体の真横に着けたとき、叫びをあげて思わず手から櫓《ろ》を放した。舟は大きくゆらいだ。

水死人のはだけた胸にはふくれた白い胸乳《むなぢ》があった。が、船頭がのぞいても水の下には顔がなかったのだ。頸のところがちょうど柘榴《ざくろ》の口をのぞかせたようになって、それから上が消えている。水で血が洗い流されているせいか、頸のところはうす桃色をしていた。

普通なら、若い女の水死体だと船頭が船に乗せて橋番まで届けるところである。その間に眼を愉しませる不埒《ふらち》な若い船頭もいた。が、このときばかりはその船頭も動転して、舟ごとよろめきながら両国の橋際に着けたものだった。

橋番は馴れたもので船頭から死人を受けとり、莚《むしろ》をかぶせてすぐに近所の自身番に届けた。

自身番はこれを土地の岡っ引に報らせる。岡っ引は定回りの同心に報告する。

その頃でも女の首無し死体は珍しかった。

士分の者には往々にしてないことではなかった。しかし、それも仇討などで相手の首を切って持ち帰るとか、意趣晴らしにどこかに懸けて見せしめにするとかいう場合が多いが、女相手にそうしたことはなかった。それで、その死体が橋番の脇に置かれたときは黒山のような人だかりだった。

やはりこの辺は紺屋の吉次の持場になっていた。知らせを受けた吉次は、すぐに子分を同心の川島正三郎のもとに走らせ、自分では橋番小屋に出かけた。

吉次がみると、肌の具合からして年齢は二十歳《はたち》そこそこと思えた。着物はありふれた単衣《ひとえ》で、これからは手がかりはつかめない。むろん、下手人は首を切って人相を知らせないようにしているくらいだから、持物もなかった。

「可哀想に」

と、橋番のおやじは首の無い仏に手を合わせ、

「どういう因果か知らねえが、首を切られるとは、よっぽど不仕合せに生れた娘だね」

と云った。吉次はそれを聞きとがめた。

「おう、おやじ。娘だということがどうして分るかえ?」

「そりゃ、親分、こういう橋番をしていれば、何度も女の水死体を見ていまさあね。身体の具合から、女房か娘か、それも生娘《きむすめ》かそうでねえか、大体の察しがつくも

のだ」

彼は衿をめくって吉次に胸を見せた。

「なるほどそういうものか。おめえも無駄には年の功を重ねていねえのだな」

「親分。この女子《おなご》は、よっぽど事情がありそうですね」

「うむ」

「そうでなくちゃ下手人が顔まで分らねえようにするわけはねえ。それにしてもこんなむごたらしいことをするからには、よっぽど悪い奴らにやられたに違えねえ」

「なあ、おやじ。この女の身体に何か変ったところはねえか？」

若い吉次は、橋番のおやじといっしょに死体のほうぼうをしらべた。首が無いから、せめて身体の特徴を捜し出そうとしたのだった。吉次の子分が、珍しそうに寄ってくる野次馬を追っ払っている。

「どうも、親分、何もねえようですな」

「うむ。これじゃまるきり突き止めようがねえな」

「灸《きゆう》の痕もありませんや。だけど、親分、この娘はよっぽどいいところに育った女とみえますね。見なせえ。指の先といい、足の指といい、すっかりしなやかに出来ている。百姓娘や、年じゅう働きどおしの町娘じゃ、こうはいかねえ」

「なるほどな。そのほか、何かないかえ？」

吉次は年が若いので経験の多い橋番に訊くほうが多かった。

同心の川島正三郎がぶらぶらとやってきた。

「こりゃ、川島の旦那」

吉次が如才なく挨拶すると、川島は鷹揚《おうよう》にうなずいた。

「何だか奇体な仏が浮んでいたそうだな？」

「へえ。首がねえので。まだ若え女でございます」

「ふうむ」

川島はしゃがみ、蓆の端をめくってじっと見ていたが、すぐにそれをもとに戻した。

「なるほどな。この女も大ぶん男が多かったとみえるな」

と呟いた。

「旦那。そいじゃ、やはり男出入りの刃傷《にんじょう》沙汰《ざた》で？」

「吉次。おめえはどう見る？」

川島に反問された吉次は考える様子でもなく、自分もその通りに思っていたところだ、と答えた。彼の返事は自分を引立ててくれる川島の言葉に追従《ついしょう》しているようだった。

「吉次。あとはおめえに任せる。いいようにやってくれ」

と、川島はひどく気乗りうすのようで、

「おやじ。手を洗わせろ」

と、橋番に云った。橋番が手桶に水を汲んで、川島の差出した両手の上から柄《ひ》杓《しゃく》を傾けた。

「なあ、吉次」川島はふところから手拭を出し、手をふきながら、「おめえ。この下手人はどっちの方向だと思う?」

「…………」

「これはおれの考えだがな。仏は蔵前の近くに流れていたというじゃねえか。そうだとすれば、死骸を投げたのは川下のほうだ」

「え、川下でございますか?」

「今朝の七ツ刻が満潮のさかりだ。そのときは潮がかなり川上のほうにのぼってゆく。おおかた、そのとき死骸も上に押上げられたにちげえねえ。そいつが、退潮《ひきしお》がはじまって蔵前あたりにまた逆戻りしたのだ。いいか、吉次。おれの考えどおりに見込みをつけて川下のほうをさぐってみろ」

「へえ」

「それから、見たところ、仏は素人娘じゃねえ。どうせ男出入りの多かった女だから、水商売の女にきまっている。いいか、吉次。あとはおめえがいいように解くんだ」

「分りました」

橋番のおやじが、ふところ手の川島の顔を見たが、黙って下を向いた。

「旦那、ご出役ご苦労でございます」

と、吉次は川島に頭を下げた。

それを見送った橋番のおやじが、

「親分」

と、小さく云いかけた。

「いま、川島の旦那のお話を聞いていましたが、わっちにはちょっとばかり腑に落ちねえことがございますよ」

「なに、腑に落ちねえと？」

吉次が目を光らした。

「へえ。川島の旦那は、この仏が水商売の女といわれましたが、旦那のお言葉ながら、わっちにはそうは思えません。この仏は、親分、いいところの娘さんですぜ。それに生娘です」

「何だと？」

「橋番をしていれば、前にも云ったように、いろいろと川に流れる仏を見ております。わっちも番人は長い間のほうだから、それだけに死骸の数もかぞえきれねえ。世の中には悲しい境涯の人もずいぶん多いとみえ、自分で身を投げる者もあるし、こうして他人の手にかかって非業な最期を遂げる人もある。まあ、そんなことで、わっちはさっき船頭からこの仏を受取ったとき思ったのだが、親分、この仏は堅気の娘さんですよ」

「………」

「それに、川島の旦那は、七ツ刻が満潮のさかりだから川下の死骸が上に押上げられたのだろうとおっしゃったが、わっちにはそうは思えません。なるほど、今朝の七ツは満潮だ。だが、いくら海の水が大川に入《へえ》ったところで、人間の死骸をあすこまで運ぶほどの力はねえ。親分、よけいなことを云うようだが、わっちの考えはこの通りです」

「やい、おやじ」と、吉次は眼を怒らした。

「黙って聞いていりゃ、ごたごたと何をぬかしやがる。いくらおめえが長《なげ》え間この橋の詰《つめ》で番太郎をしていたところで、おめえの眼なんざ節穴同然だ。川島の旦那のおっしゃることに間違いはねえ。やい、年寄りだと思ってあんまり甘えるんじゃねえぞ」

「へえ……」

吉次におどかされて、橋番は不服そうに口をつぐんだ。

2

女の首なし死体のことを藤兵衛のもとに報告したのはやはり幸太であった。

「幸太。そいつを詳しく話してみろ」

と、藤兵衛の顔が引緊まった。

「紺屋のほうで受持っているそうですがね。わっちの耳に入ったのはこういうことです」

と、幸太は、女の水死人がまだ若いこと、着物からも手がかりが無く、持物も無かったことなどを話した。

「何でも、紺屋が死骸をみているとき川島の旦那がみえて、今朝の七ツごろが上潮《あげしお》だったから、その死骸は川下から棄てられたにちげえねえ、と云われたそうです。それで、紺屋は子分どもに云って、両国橋より下のほうを探索させているそうです」

「その女はいくつくらいだ？　いや、首が無いならはっきりとは年が分るめえが、身体の具合でおよそ見当がつくだろう。おめえはのぞいて見なかったのか？」

「へえ。わっちが聞いたのはあとのことで。どうも、親分、十手を返してしまうと勝手が違いますね」

「愚痴を云ってもはじまらねえ。いまの話はどうだ？」

「あすこの自身番のおやじは親分もご存じでしょう。あのおやじに聞いてみたんです。すると、おやじの見当では、大体、十八か九ぐらい、それもいいところの家に育った娘だというんです」

「背の高さはどのくらいだ？」

「中肉中背だそうです」

藤兵衛の顔がけわしくなった。幸太は、それを察したように、

「わっちも出雲屋のお島さんじゃねえかと気がかりになったものですから、橋番の

おやじに根掘り葉掘り聞いてみました。すると、川島の旦那は死骸をみて、おおかた、水商売の女が男出入りで殺されたのだろうと云われたそうです。橋番のおやじは、お役人の云われることだが、自分の経験では、どうもそれとは話が違うと云っていました。けど、旦那の前で云うわけにはいかず、あとで紺屋にそれを話したら、えらく紺屋に怒られたと、しょんぼりしていましたよ」

「あの橋番のおやじは水死人を長いことみてきている。そのカンには間違いあるめえ」

「親分。やっぱりお島さんですかね？」

「それだけの話じゃ何とも分らねえ」

藤兵衛は考えた。いちばんいいのは死骸をみることだが、これはもう川島の云いつけで近くの寺に仮埋葬しているということだった。これも手回しが少しよすぎると思った。寺に埋めてしまえば、奉行所の許可でもないかぎり掘り返してみることができない。藤兵衛はもう、その資格も無いのである。

藤兵衛は急に支度をした。彼は両国橋の東詰の橋番小屋をのぞいた。

「おう、こりゃア親分さん」

と、橋番は内職の草鞋《わらじ》の藁《わら》を打っていたが、槌《つち》を置いて藤兵衛を迎えた。

「今朝、そこで娘の水死人が揚がったのは幸太から聞いた。だが、おめえの口からもう一ぺん聞かせてくれ」

「へえ」

橋番は、吉次と違って前からなじみの藤兵衛だったので、詳しく内容を話した。それは幸太の報告と違っていなかった。

「そうか。ところで、おやじさん。おめえ、その仏の身体をあらためたそうだが、何か、こう、気がついたところはなかったかえ?」

「そうですね、よっぽどいい家の娘とみえて、手の指もなめらかなものでした。川島の旦那は水商売の女だろうとおっしゃったが、わっちがみたところでは、そんな荒れた身体じゃねえ。それこそ、まだ、花の咲きかけたころです。そうですね……」おやじは考えていたが、「そうだ。親分さん、一つだけ思い出しました」

「何だ?」

「その娘の膝のところに、目立たねえが、小さな古い疵痕《きずあと》がございました」

「ふむ。どれくらいだ?」

「ほんの少しばかり。これは紺屋の親分も気づかれなかったようで……わっちもそのときは大したことはねえと思い、何も云いませんでしたがね。いま親分さんに云われて、そういうところしか思い出せません」

「分った。いいことを聞かせてくれた」

と、藤兵衛は礼を云った。

彼は、その足で出雲屋を訪ねた。この家はいつも客で繁昌している。藤兵衛の顔をみた番頭は、こっそり主人を奥に呼びに行った。

「御主人。あれから娘御からの便りがありましたかえ？」

と、出てきた新右衛門に藤兵衛は低い声で訊いた。

「いいえ、なにもございません」

大奥の浦風の部屋に無事奉公しているものとばかり信じている新右衛門は、少しも気遣いのないような顔で答えた。

「そうすると、浦風さまの部屋にいる娘御の朋輩からも沙汰はございませんか？」

「へえ。何も……」

新右衛門は、藤兵衛がただ普通に娘のことを気遣ってくれると思っているようだった。この前に駕籠で一時娘の行方が分らなくなったとき藤兵衛が世話を焼いているので、その関心からだと信じている。彼の顔には少しも暗い色はなかった。

「娘はお部屋に上がれば、めったに便りはよこしませんので。まあ、便りがないのがいい便りということでございましょう」

「そいつは何よりだが……」

藤兵衛は腰から煙管を出して、何気ないように訊いた。

「ところで、御主人。つかぬことをおたずねするようだが、娘さんには、何か、こう、身体に目じるしのようなものでもなかったですかえ？」

「目じるしですって？」

新右衛門は、何を云いだすのかと、眼をまるくした。

「いえ、出し抜けに云ったんじゃ分らないかもしれませんが、たとえば、黒子《ほくろ》とか点灸の痕とか、まあ、そういったしるしです」

「さあ、わたしにはよく分りませんが、家内を呼んでまいります」

新右衛門は、女房をすぐその場にこさせた。ざっとあらましを云うと、新右衛門の女房も藤兵衛の問いを深い意味にはとっていなかった。

「そうですね、娘の身体にはそういうものはございませんが……」

「だが、何か、ちょっとしたことでもございませんかね？　よく思い出して下さい」

藤兵衛は、相手に心配させないように軽く笑って念を押した。

「たとえば、小さな疵だとか、撲《う》った痕がそのまま痣《あざ》になっているとか……」

「そういえば」と女房が思い出したように云った。「膝のところに小さな疵痕がございます」

藤兵衛は思わず煙管を口から放しそうになったが、強《し》いてくわえていた。

「それはどうした疵ですかえ？」

「あの子の小さいころ、わたしがお針をしているとき、そのへんに遊んでいたのですが、わたしが眼油断をしているうち、ついうっかり、針があの子の腿《もも》に刺さったのでございます」

「なるほど」

「それが運の悪いことに夏だったものですから、そこが膿《う》みましてね。大ぶんお医者さんの治療を受けたのですが、とうとう、そこだけ疵が残りました」

お島の母は説明した。

「おう、そういえば、そんなことがあったな」

と、横から新右衛門も記憶をよびさましたように口を添えた。

「親分さん、娘のその疵痕がどうかしましたかえ？」

さすがに新右衛門も少し不審を起したらしかった。だが、ことの真相が打ち明けられない。一つは、この夫婦をこの場で悲しませる気持の支度ができてなかったこと、もう一つは、藤兵衛は川島に十手をとり上げられた身なので、またあとで川島からどんな云いがかりをつけられるか分らないと思ったからだった。

「なに、別なことではありません。わたしの知合いに、どうしても大奥の部屋子に上がりたいという娘がいましてね。そうするには、身体に疵痕や痣があったらご奉公に上がれないのじゃないかと心配しているのです。それで、わたしが娘さんのことをこちらに伺いにきたというわけですよ」

「そんなご懸念《けねん》なら、ちっとも心配ありません」

と、新右衛門夫婦は笑った。

藤兵衛は、すぐその足で釜木進一郎の家を訪ねた。一部始終を話すと、

「それならお島に違いあるまい。そうか。大川は蔵前あたりに浮んでいたとなれば、投げこんだのは向島辺だ」

と、腕を組んで云った。

「とうとうお島の始末に困って殺したとみえるな。そういつまでも浦風の部屋に奉公しているとは云い切れなくなったのだ。首を切って人相を分らなくしたのが何よりだ。藤兵衛。こいつは大物がうしろについているぞ。向島の隠居だ」

と、彼は藤兵衛を見据えた。

「へえ。わっちもどうやらそんな気がしてきました」

「同心の川島は上のほうから云いつけられているので、殺されたお島の死骸をウヤムヤにしようというのだ。向島から流れてきたのを逆に上潮といって、川下のほうに探索の眼をそらそうという魂胆だ。そして結局、下手人なしで葬るつもりなのだ。藤兵衛。むごいものだな。お島まで殺してしまうとは……」

十手をとり上げられた藤兵衛には探索する資格はなかった。これは陸《おか》に上がった河童《かっぱ》も同然である。

しかし、彼は、その日、子分の全部を家に集めた。

「いままでどおりのようなわけにはいかねえが、聞き込みくらいなら、そう川島の旦那に怒られることもあるめえ。どうだ、みんな、やってくれるか？」

「やります」

というのが一同の返事だった。みんな固い決心を顔に出していた。

# 釜木の着想

## 1

ふいに、釜木進一郎が藤兵衛の家にきた。

「おう、こりゃア」

と、藤兵衛が少々意外そうに出迎えた。釜木とは三時間くらい前に、藤兵衛が彼の家に行って遇ったばかりである。

「いや、あれから、あんたがどうしているかと思ってなァ」

釜木は気さくに微笑している。藤兵衛は彼が自分の様子を見に来てくれたのだと分った。釜木の家に行ったとき、十手を取りあげられた寂しさが知らずに様子に出たので、釜木が心配して慰めにきたのである。年甲斐《としがい》もないことだと藤兵衛は恥しくなった。

しかし、この若い釜木の親切はうれしかった。

「たいそうな履物だが」

釜木は下を見て云った。五、六人分の草履が置いてあった。

「へえ。実は若え者を集めていたところで」

藤兵衛が苦笑していった。事実、釜木が座敷に上がると、幸太などの子分が膝を揃えて頭を下げた。

「これは賑やかだな」

釜木は明るく笑ったが、藤兵衛が何のために子分たちを召集したか、およその察しはついた。皆の顔には何か悲壮な表情が出ていた。

「まあ、こんなところでは何ですから、さあさあ、二階にどうぞ。……おい、お粂」

藤兵衛は釜木を二階の六畳に上げた。ここからは密集した屋根越しに遠く両国橋が見える。女房が座蒲団を敷いた。

「藤兵衛、早速、集めたね」

釜木は腰から筒を抜いて煙管を出した。お粂が茶をくんできた。藤兵衛がその女房に、子分たちにはもう少し残っているようにと云いつけたあとである。

「へえ。わっちが十手はお返ししたが、やりたいことがあると、みんなの覚悟を聞いていたところで……」

「うむ。みんなは喜んで働くと云っただろう？」

「へえ。むずかしい立場になったが、やるだけのことはやってみると云っております」

「そうだろう。あんたの人徳もあるが、何といっても上からの理不尽な押しがみんなに腹を立てさせているのだ。筋の通らぬ横車を押されては、誰しもこれは怒るよ。そこが江戸っ子の身上《しんじょう》だな」

「へえ。それに、奴らは仕事が根っから好きでございます」

藤兵衛は、子分たちが寄せてくれる人情のうれしさを、釜木の前ではそんな話に躱《かわ》した。

「さあ、そこだ。今度はいままでのようにお上のご威光を背負《しょ》ってないから、ちっとばかり勝手が違うだろう。だが、みんなで心を合わせてやれば、何とかやり通せるかもしれない」

釜木は云った。

「どこまでそれが出来るか、危ねえものでございますが、実のところ、わっちもどうしたらいいか、迷っているところでございます。おっしゃるように、今度は朱房の十手をちらつかせるわけにもいかねえので」

「あんたが帰ってから、わたしも考えた。つまり、どこから手をつけるかということだ。それで、一つの工夫が出来たので、実は大急ぎでやって来たのだがな」

「工夫とおっしゃいますと？」

「今度の一件は同心の川島正三郎がこまめに立回っている。川島は自分の気持からではなく、上のほうから云われて、こそこそと立働いているのだ。そこで、いっそのこと川島を狙ってみてはどうかと思うんだが」

「川島の旦那を？」

さすがに藤兵衛も眼をまるくした。

「もとの岡っ引が同心を尾《つ》け狙うのは話が逆だが、川島の行動からことが分りそうな気がする。つまり、川島の行先を始終尾けてみることだ。同心だから奉行所の出入りは当り前として、そのほか、あの男がどういうところに出入りしているか、あんたの子分に身装《みなり》でも変えて尾けさせたらどうだろう。そこから面白い筋が浮んでくると思うが」

「なるほどね」

と、藤兵衛は感心した。いきなり同心の川島正三郎から手をつけるとは釜木でないと泛《うか》ばぬ着想だった。藤兵衛では思いもつかぬことである。

「川島の家にだれが訪ねてきているか、これも知ることだな。昼間だけではない。夜もやってみることだ。そうすると、川島がどの方面から指図を受けて動いているのか、また川島のまわりにどういう筋が張られているのか、およそ見当がつこうというものだ。あの同心は、このこんぐらがった一件をほどく糸目かもしれない」

藤兵衛は釜木に云われて、なるほど、と思い当った。そもそも川島が今度の探索を邪魔しはじめたのは初めからではなく、途中のことだった。藤兵衛からこの事件の探索をとり上げて、まだ経験の浅い紺屋の吉次に無理に渡した。あのあたりから川島に下心が出来て、自由に吉次を操《あやつ》ろうとしたのだ。老巧な藤兵衛では川島も仕事がやりづらい。吉次にお絹を挙げさせたのが川島の仕事のはじまりだった。あのへんから川島の心が妙に変ってきた。つまりは、あの時点で何者かが川島を抱きこんだのである。

その線はなおもつづいている。現に出雲屋のお島の誘拐には、川島は直接ではないが、何か一役請負《うけお》っているらしい。お島殺しは、彼の知らないことだとしてもである。

「やりやしょう」と、藤兵衛は吐月峰《はいふき》に煙管を叩いた。「ちょうど若え者も揃ってるところです」

藤兵衛としては、とにかく、いままで同心としての川島から仕事をもらっていた。その彼を狙うのは不義理なようだが、釜木の考え方に従うのが何より解決への早道だと思った。それに、川島はいま逆に藤兵衛を憎んでいる。

「いくら身装を変えても、一人ではすぐに見破られるかも分りませんから、川島の旦那を尾けるのは三人くらいかわるがわる交替でやらせます。向うも普通のお方ではなし、そういうことにはよく気づくほうですから」

「まあ、ぬかりなくやってもらいたい。これはわたしの考えだが、ときには女を使ってみるのも面白いと思うな」

「なるほど」藤兵衛は手を拍《う》った。「女を入れて尾けるなら、こりゃ気づかれることはありますまい。失礼ながら、素人の釜木さまにわっちは教えられましたよ」

藤兵衛は釜木に頭を下げた。

「その女を使うのに、心当りがあるか」

釜木が訊くと、藤兵衛もちょっと詰ったが、

「なに。そいつは何とかなるでしょう。時によっては、わっちの嬶《かかあ》を使ってもよ

ろしゅうございます」

と、照れたように笑った。

「なに、おかみさんを？」

「婆《ばばあ》の老《ふ》け役は地でゆけますから。もう少し若いのでしたら、子分たちの嬶を出させましょう」

こうなったら、みんな総出だというように藤兵衛はいった。

「しかし、それは、よっぽど気をつけないと危険だが……」

釜木が危ぶむと、

「なァに、ほかの素人の女子衆《おなご》を頼んで危ない目に遇わせるよりも、よっぽど安心でございます」

と、藤兵衛は眼を笑わせた。

「そんなら、早速、幸太にその初《しょ》っぱなの役を云いつけましょう」

と、彼は起ち上がって降りて行ったが、その様子には初めて生気が蘇っていた。

釜木はひとりになって、ぼんやりと外を見ていた。陽は反対側の西に傾いて、下に見える屋根の上には濃い影が半分蔽《おお》っていた。川向うに小さく見えるお船蔵の海鼠塀《なまこべい》に夕陽がうす赤く当っている。釜木は橋の上を渡る豆粒のような人の歩きをつくねんと見ていたが、何を考えついたか、急に手を鳴らした。下から上がってきたのはさっき話に出た藤兵衛の女房お粂だった。

「ああ、ちょっと藤兵衛さんを呼んでくれないか」

釜木は梯子段の途中に顔を出したところでお粂に云った。

「かしこまりました」

お粂が下に顔を消してから、すぐに藤兵衛が上がってきた。釜木は、何事かと云いたげな藤兵衛の顔に頭を掻いてみせた。

「いや、せっかく頼んだあとで、すぐ気が変ったようで申しわけないが、実は別な考えが泛んだのでね」

と云った。藤兵衛が彼の前に膝を折った。

2

「別な考えというのはほかでもないが」

と、釜木は云い出した。

「よく思案してみると、川島をいちいち尾けてゆくのは、こりゃア大変なことだと気づいたんでね」

「しかし、そりゃ、釜木さま」

と、藤兵衛が何か遮ろうとするのを、

「いや、まあ、聞いてくれ」

と釜木は抑えるように云った。

「川島は役人だ。奉行所の仕事でどこをどう回るか分らない。その尻をいちいち追っていたのではきりのない話だし、それに、今度の一件で立回るのやら、それとは関係なしに役所の仕事で動いているのやら、そのへんの区別がよそ目には分らない。もし、こちらでとり違えて川島が関係もない先に行ったところを洗ってみたところで、これは無駄骨というものだ」

「なるほどね」

藤兵衛もうなずいた。

「そこで、もっと早道で、しかも効果てきめんという方法がある」

「そいつは豪儀だ。何ですかえ？」

「少々手荒だがな。目当ては、かどわかされたお島が一時隠されていた下谷の円行寺だ。わたしもあそこではえらい目に遭った」

「そういえば、あっしも石をぶつけられましたよ」

「だから、円行寺はぜひ洗ってみたい。それにだ。わたしがあそこに行ったとき、川島がひょっこり顔を出した。寺の前の茶店だ。川島と円行寺は、ありゃア気脈を通じている」

「あっしもそう思います」

「それで思いついたのが、ほれ、あそこにいた納所《なつしょ》だ。まだ年は二十二、三くらいだったな。ひとつ、あいつをかどわかしてみるか」

「どうなさるんで？」

藤兵衛は、よく意味が呑みこめないように訊き返した。

「あの納所をどこかに押しこんでおくのだ。二、三日くらいは当人も気がつかぬ場所にとめてみるんだな。そうすると……」

釜木は藤兵衛の耳に低くささやいた。

「なるほどね。こいつはいよいよ面白くなりましたな」

話を聞いた藤兵衛は、釜木の顔をつくづく見て、

「恐れ入りました。何から何まで釜木さまの指図では」

「どうも、あんたの領分を侵したようで面目ない」

「とんでもございません。釜木さまのお考えは全くツボを押えておりますよ」

藤兵衛が感心して云った。

――その晩の六ツ半（七時）ごろだった。下谷の円行寺に二十七、八くらいの律《り》義《ぎ》そうな職人夫婦が揃って庫裡の玄関に立った。彼は浅草鳥越に住む貸衣裳屋で忠助という者だといった。用事は、たった今、六十になる父親が卒中で急死したので、すぐに枕経をあげに来てほしいという頼みだった。

恰度《ちょうど》、近くに居合わせた和尚がその応対に出たが、依頼を聞くと、

「さあ、それは困りましたね。ここからそれぐらいだと、ちょいと道程《みちのり》もあるし、それに、こんな夜では」

と渋った。近所に寺はないかというのである。

「それがあいにくと、どこもいっぱいなのでして」

忠助という貸衣裳屋は本当に弱りきった顔をしていた。この寺を特に頼みにきたのは、近所に知合いがいて、前からその家に往復する途中、この円行寺を見かけていい寺だと思っていた、それに、宗旨も恰度いっしょだというのである。

「外には駕籠も用意してございます。もし、ご住職のご都合が悪かったら、どなた

か代りのお方でも」

と、忠助は熱心に云う。傍の女房も、

「もう、親戚一同が仏の傍に集って、お寺さんの見えるのを待っております。どうぞお願いいたします」

と、これも亭主以上に懇願した。

「それじゃ、ちょっと待って下さい」

と、和尚は次の間に起ったが、その姿が消えると、貸衣裳屋夫婦は顔を見合わせて眼で笑った。この夫婦は、藤兵衛の手下亀吉と、その女房の扮装だった。

まもなく、和尚のほかに、もう一人の足音が畳に聞えたかと思うと、二十二、三くらいの納所坊主が和尚といっしょに現れた。彼は背が高く、みるからにきかぬ気の顔つきをしていた。

「了善や、こちらさんが、いま父御《ててご》が急に亡くなられて枕経を頼みに来ておられる。近くの寺ではみな差支えがあって、お経を読みに上がる者がないそうな。ご苦労だが、ほかならぬ新仏《あらぼとけ》のことじゃ。おまえ、わしの名代《みようだい》で行ってくれぬか」

和尚はすでに納所と打合せをしたあとだろうが、夫婦の前で改めてそう云い渡した。

了善といわれた納所坊主は、鋭い眼でじろじろと貸衣裳屋に化けた亀吉夫婦を見ていたが、

「おまえさんがたは、浅草鳥越のどのへんですかえ？」

と訊いた。

「へえ」

亀吉は鳥越のあたりは詳しい。貸衣裳屋と言ったのは、このへんに多い芝居小屋を考えたからだった。納所坊主の了善も亀吉が説明した町名に納得して信用したらしく、

「それでは、これからお経を上げに参ります」

と、はじめて云った。亀吉は、まだ若いが、さすがに用心深い坊主だと思った。この寺の者には藤兵衛も幸太も顔を知られているから、彼がこの役に択《えら》ばれたのだった。

あたりはもう暗くなっている。寺の門前には駕籠が二挺置かれてあった。亀吉の貸衣裳屋忠助は、

「どうぞ」

と、衣に着替えた了善を前の駕籠に乗せた。待っていた駕籠かきが了善の乗りこ

んだのを見て棒鼻を上げた。つづいて亀吉の女房の駕籠が上がる。

寺から離れて少し行くと、左側に樒《しきみ》や線香などを売る門前の茶店があったが、いまは戸を閉めていた。

あとは暗い通りである。寺の多いこのへんは夜は真暗だ。ただ、二つの駕籠提灯が人魂《ひとだま》のように動いていた。

しばらく行くと、寺の塀に沿った巨きな榎《えのき》の樹が、茂った枝を上から傘のように道に差出していた。亀吉は駕籠かきに合図した。駕籠は地面に下りた。なかの了善が垂れを上げて外に眼をやり、何が起ったかという顔をした。

「先棒が石に爪を剝《は》ぎましてね。ちょいと待っておくんなさい」

亀吉がしゃがんで坊主に云った。

「それはいけませんな」

了善はそれを信じて油断した。亀吉の手が伸びて了善の衣の衿を俄《にわ》かにつかんだ。

「これ、何をする？」

了善はおどろいて、急に暴れ出した。

「えい、じたばたするな」

亀吉が長い衣を着て自由の利かない了善を押えると、駕籠かきに化けていた藤兵衛の子分たちが手伝い、手拭で坊主の口を塞いで猿轡《さるぐつわ》にした。つづいて了善の身体はうしろに両手をねじられたまま、縄でがんじがらめとなった。

垂れを下ろすと、今度は了善が暴れて落ちないように駕籠の戸ごと荒縄で巻きつけた。

「さあ、いこうぜ」

駕籠はもう一度上がった。夜のことだし、この騒ぎを見ている者はなかった。ただ、駕籠の中の了善が藻掻《もが》くので駕籠はゆさぶられた。「この野郎、静かにしろ」と、駕籠脇についた亀吉が叱った。「騒ぐと命はねえぞ。いつでもおめえの横腹には風穴があくようになってるから、そう思え」

このおどかしが利いたのか、さすがの若い坊主もあとは諦めたように静かになった。

途中でうしろから来ていた亀吉の女房の駕籠が別のところに逸《そ》れ、あとは一つだけである。この駕籠は浅草鳥越の方角とは反対に駒形河岸へ出て、柳橋から両国橋へ抜けた。両国橋を渡ると本所で、そのまま駕籠は真直ぐに回向院《えこういん》のほうへ行ったが、寺に出るまでに南のほうへ曲った。

これからは同じ所を右に左にぐるぐる回った。なかに乗っている了善に地形を知らさないためである。
五、六回、よぶんな所を歩き回った駕籠は、今度は深川のほうへ出て、木場近くのごみごみした町裏に入りこんだ。

3

それから二日経ってのことである。

幸太が、これも女房を連れて、あぶれた職人の恰好で八丁堀の同心屋敷の近くをうろうろしていた。

夕方で、風も中秋のものになっていた。袷更《あわせか》えもとっくに済んで、足袋をはいている女の姿もふえ、新蕎麦《しんそば》と栗のおいしい時季になっていた。

十月五日からは浄土十夜参りがはじまったが、明日の十三日は日蓮上人の御影供《みえいく》で、江戸中の法華寺《ほっけでら》では信者の供物が持ちこまれて仏壇が輝く。

物陰には幸太が頬かむりをして忍び、同心川島正三郎の家の前がよく見える所には幸太の女房が人待ち顔にぶらぶらしていた。

彼らは、そこにもう一刻《ひととき》ぐらいもうろついていた。これは役所が退けて帰る川島を狙っていたのだったが、その川島も実は小半刻くらい前に戻っている。だから、あとは川島が出て行く先か、あるいは、だれかがそこにくるのを見張っているだけであった。

「おまえさん」

いままで離れていた女房が急いで幸太のしゃがんでいる所に戻ってきた。

「だれやら、いま川島の旦那の家に入るとこですよ」

「なに？」

と、幸太がほかの人に怪しまれないように自然な足どりで女房の教えたところに行った。そこで夫婦はいかにも内緒で揉めごとをしているような恰好で立ったが、幸太の眼は油断なく、川島の家の表に立っている男の姿に投げられていた。

その男は植木屋か何かの親方のような恰好だったが、すぐに川島の家の中に入った。入る前に左右を見回したが、ひそひそ話に夢中になっているような夫婦者を別に怪しむ様子はなかった。彼の姿はすぐ中に消えた。

「おめえは、これからすぐに親分のところへ行ってくれ」と、幸太は女房に小さな声で云った。

「いま川島の旦那の家に円行寺の前の茶店のおやじが入って行った。いつ出るか分らねえが、とにかく、これだけお報らせすると云ってくれ」

「おまえさんはどうするの？」

「おれは、もし、その茶店のおやじが出て行けば、どこまでもあとを尾けてゆくつもりだ。えい、ぐずぐずするな。早く行け」

「あい、あい」

女房は、ちょうど夫婦がいさかいして喧嘩別れしたような恰好で忙しそうに幸太からはなれた。

幸太の女房は途中から辻駕籠を拾い、藤兵衛の家に走った。

「そうか」

報告を聞いた藤兵衛は思わず膝を打った。

「やっぱり釜木さまの狙いはまっとうだったな。おい、亀吉」

藤兵衛は子分を呼んだ。

「いま、幸太の野郎が川島の旦那の家の前で見張っていたところ、円行寺の前に茶店を出しているおやじが入って行ったそうな」

「円行寺の前の茶店ですって？」

「そうだ。おめえは知らなかったな。おれがいつかあの前をうろついていたときにちょいとのぞいたのがその茶店だが、おやじというのは、片眼の、面《つら》つきのよくねえ野郎だ。どうも気に食わねえと思っていたが、やっぱり川島の旦那と気脈を通じていたんだな」

「それでは、そのおやじが門前に茶店を出して、あの寺に入る者をいちいち片眼で睨んでいたのですかね？」

「おおかた、そんなとこだろう。円行寺の納所の了善がおめえの呼び出しで急に居なくなったから、寺でもあわてるし、あの茶店のおやじもびっくりしたのだ。それで、川島の旦那のところにその話を持って行ったにちげえねえ。了善が居なくなってから、もう二日も経っているからな」

「ざまァ見やがれですね。やっぱり釜木さまの思惑《おもわく》どおりだ」

「亀吉、了善はどうしている？」

「へえ。若えが、あの坊主もしぶとい野郎で、なかなか寺の内緒はしゃべりません。お島さんが寺に担ぎこまれたことさえ何にも云わねえのです。もう少し痛めつけてやろうと思ってますが」

「まあ、あんまり手荒なことはするな。それはいいが、おめえがあの坊主を預けた親類の家というのは、あとで探し当てられるようなことはあるめえな？」

「大丈夫です。たとえ了善が乗せられた駕籠の方向をおぼえていても、回向院のところで犬のようにぐるぐる歩き回りましたから、何も分っちゃいません。それに、親類の家はいちばん混み入った路地の奥にありますから、誰にも気づかれることはありませんよ」

「そうか。で、了善はどうしている？」

「昼間は腰に縄をつけて猿轡をかませ、柱に括《くく》りつけています。夜は身体を縛り上げて押入れの中に抛《ほう》りこんでありますよ。あれじゃ、もう逃げられる気づかいはありません」

「そうか。おめえの親類というのも大丈夫だろうな？」

「もともと、やくざな野郎ですから、仁義は堅《かて》えほうです。坊主の一人や二人縛って預けておいてもおどろくような男じゃありません」

「よし。了善のほうはそれでいいとして、おめえ、これからすぐに八丁堀に行ってくれ」

「幸太と交替ですかえ？」

「幸太がいれば、あれの云う通りになって、そうなるかもしれねえ。だが、幸太は、その茶店のおやじのあとを尾けて行っていねえかもしれねえから、そのときは幸太のあとを追うのだ」

藤兵衛の子分たちは、こうして連絡がとれなかった場合、先にそこを離れた者が自分の行先をあとの者に知らせる方法として、塵紙《ちりがみ》を細かく切ったのを歩きながら道の上に撒《ま》く方法をとっている。あとの者はその紙片を目印に追えばいいのだ。藤兵衛が云った幸太の追跡というのもそれであった。

「親分はどちらへ？」

「おれはこのまま釜木さまのところに行く。そこで一刻ぐらいは居るつもりだが、おめえでも幸太でもどっちかが、様子を報らせに来てくれ」

――しかし、藤兵衛が訪ねて行った時、釜木進一郎は家に居なかった。

# 川路三左衛門という男

## 1

藤兵衛が釜木進一郎を訪ねて行って留守だったのも道理、当の釜木は飯田橋黐木《もちのき》坂《ざか》上の川路三左衛門聖謨《としあきら》を訪ねて行っていた。川路は佐渡奉行として一年の任期が終り、新たに小普請奉行に任命され、江戸の屋敷に帰ったばかりであった。川路と釜木の亡父とは昵懇《じっこん》の間柄で、その縁故により進一郎も川路には特別な愛情を持たれている。

「久しくお目にかかりませなんだが、相変らずご壮健で何よりと存じます」

と、釜木進一郎は川路の新居の書院に通されて挨拶を述べた。

「しばらく島流し同然の生活でな、のんびりしていたせいか、身体だけは丈夫になった」

と、川路は進一郎に眼を細めて笑った。このとき川路四十歳。

「いえ、佐渡ではなかなか業績を上げられたそうで、お噂はこちらにも伝わっております。さすがに川路さまならではと、みなみな、お噂を申し上げておりました」

「何の。これということもしていない。ただ汐風に当てられながら下手な和歌を作っていたまでじゃ」

「道理でお顔色はずんと黒くなっておいでございます」

「せっかくのんきな暮しをしていたが、今度はまたこちらに呼び戻された。これからはまた、いろいろと面倒なことをやらねばなるまい」

川路は少々懶《ものう》げに云った。しかし、その眼は言葉と違って、何か生気に満ちている。

川路聖謨といえば、日本の歴史に名を遺している一人だ。ずっとのちのことになるが、彼が外国奉行として長崎に出張し、入港した露国の軍艦の艦長プチャーチンと折衝し、彼によって有能なる日本外交官と称讃されたのは有名である。その川路はまた古典に造詣が深く、和歌のたしなみも深い。彼が佐渡奉行として在任したときに書き留めた日記「島根のすさみ」は名文としてよく知られている。

その川路が釜木進一郎としばらく話しているうち、少し悪戯《いたずら》げな眼つきを見せた。

「進一郎、今日はわしの帰府の挨拶に来ただけではあるまい。何か特別な用事でもあると見えるな？」

釜木は少し頭を下げた。

「実は少々お願いがあって……」

「そうじゃろう。日ごろものぐさなそなたが早速わしのところに来たのは、挨拶だけではないと思っていた」

「恐れ入ります」

「一体、何だな？」

「ほかでもございませぬが、川路さまにはこのたび小普請奉行にご就任になりました。小普請奉行といえば、大奥の御造営を御奉行あそばされるお役目。それについて少々お調べを願いたいことがございます」

「早速だな。わしの小普請奉行はまだ成立てのほやほやでな、どういうことをしていいのか西も東も分らぬ。調べてくれと云われても、おおかた役には立つまい」

「ご謙遜《けんそん》恐れ入ります。このたびの小普請奉行は、老中水野越前守さまの強《た》ってのご要望とのことでございます。世間では、川路さまのご就任に御側衆林肥後守さまや大目付鳥居耀蔵《ようぞう》さまあたりより大ぶん故障が出ましたが、水野さまにはそれを押切ってなさいましたそうな。それだけでも川路さまのご器量は大したものだと申しております」

「そんなことを云っておるのか。それは少し迷惑だな」

当時の将軍は家慶であったが、前将軍家斉は西の丸に退いて大御所を名乗り、実権を握っていた。いわゆる大御所政治である。家慶は名ばかりの将軍で、ほとんど家斉のうしろに光を失っていた。

その家斉の側近が林肥後守、水野美濃守などで、老中筆頭水野越前守も家斉にとり入っている。その越前守の腹心が大目付鳥居甲斐守耀蔵である。鳥居はさきに高野長英や渡辺崋山などの蘭学者を弾圧し、いわゆる蛮社の獄を起した切れ者で、のちの天保改革に当っては南町奉行として辣腕《らつわん》を揮《ふる》い、世間では、その名前をもじって「妖怪」と云った。だが、これはもう少しあとのことである。

いま釜木進一郎の話に出たように、川路三左衛門は林肥後守一派と合わなかった。彼が佐渡奉行になったのも、一つは林や鳥居一派によって敬遠されたためでもある。それで、任期が満ちた川路を水野忠邦が小普請奉行として起用しようとするのを林、鳥居などは妨害したものだった。

しかし、川路の手腕を見込んだ忠邦は、その反対を押切って思いどおりに彼を小普請奉行にした。

小普請奉行というのは必ずしも重職とはいえない。しかし、これは作事奉行と分担して幕府の諸建築を管掌する。

一体、幕府の諸建築は、実際には作事奉行や小普請奉行の下についている世襲の大工棟梁《とうりよう》が当って、これが久しい因襲となっている。それで、凡庸な奉行だと、こうした技術屋にいいかげんにまるめこまれてしまう。その因襲が長いだけにいろいろな弊害が起っている。年々の工事に関しても、大工棟梁の云うままになると莫大な金がかかる。そのため、さなきだに財政窮乏の幕府は冗費に苦しまなければならない。

殊に大奥関係の工事は大奥女中からいろいろと注文が出るため、その費用も相当なものである。もし、大奥女中の要求に反対したら、忽《たちま》ち彼女らの恨みを買い、その裏工作によって老中といえども職を蹴落される。殊に家斉は大奥の虜《とりこ》になっていた。家斉は、その寵愛するお美代の方の操縦のままだ。

水野忠邦は、なんとか幕府の財政窮乏を救うために経費節減を考えて、その実現を志しているのだが、やはり彼も大奥の反対を怖れて思い切ったことができない。

そこで、自分は直接手を下さず、川路を小普請奉行にして、彼によって工事費の節約を図ろうという魂胆だった。それで水野が川路に嘱望したのは小普請方改正のことである。

ところで川路は、そうした内命をいくら釜木でも打ち明けるわけにはいかない。それで、彼は奉行に成立てであるから一切事情が分らぬと云ったのだ。とぼけてはいるが、釜木の云おうとすることを真剣に聞こうとする様子が、その表情にあらわれていた。改革を考える彼としては、この際、どんな意見でも聞きたがっていた。

「実は少々奇怪なことがございまして」と、釜木は云い出した。「大奥のお局《つぼね》を修理いたしておる大工棟梁の配下に和泉屋八右衛門と申す屋根師がございます。その八右衛門の職人に惣六と申す者がおりまして、この者が隅田川で奇怪な死に方をいたしました」

「うむ」

「不思議な縁で、その惣六の死に方に、てまえ、少々かかわり合いを持ちました」

「なに、そなたが？」

「くわしく申上げますと、こういうことでございます」

## 2

釜木の話に川路三左衛門は耳を傾けていた。べつに質問ははさまないが、話が急所にくると、うなずいたり、奇異な眼をしたり、首をかしげたりした。

惣六の持っていた女物の煙管がただものではないこと、それをめぐっていくつかの殺人が起っていること、旗本駒木根大内記の用人が割腹していること、そして、その探索にとりかかっていた岡っ引が急に手を引かされたばかりか、十手も取り上げられたこと、それにはふしぎな圧力が上からかかっているらしいことを詳しく述べた。

「この事件で働いているのは南町奉行所の手付《てつき》、川島正三郎という同心でございます。彼が何かと探索に熱心な岡っ引を邪魔にして、一件をウヤムヤのうちに葬ろうとしております。そのために、町方の娘が無実の罪で牢につながれております」

釜木はいった。

「うむ。……」

川路の眼が光を帯びてきた。

「手前は、こういう性分ですから、はじめは物ずきで余計なことに首を突込みましたが、今ではその中に身体をめいりこませております」

「で、少しは正体が分ってきたかの？」

「正体は分っております。ですが、手をつけることができません」

「なに？」

「相手があまりに大物でございます。蟷螂《とうろう》の斧《おの》というところかも分りませぬ」

「だれだ？」

「向島のご隠居さまでございます」

「なに、中野碩翁か？」

川路も眼をむいた。

「はあ。すべての根が向島に集っているようでございます」

これだけが、どうにもならない壁だと釜木進一郎はいった。

「お願いというのは、せめて小普請奉行になられた川路さまに、屋根師の惣六が何故に分不相応な女物の煙管を持っていたか、そのいきさつだけでもお調べ願いたいのでございます。てまえ考えまするに、それは大奥のお女中浦風さまのものでございます。浦風さまはお美代の方お気に入りのご中臈《ちゆうろう》、とてもてまえごときが正面から取組める相手ではございませぬ。これはぜひとも川路さまのお力を借りとう存じます」

「だんだんの話を聞いたが」と、川路は云った。「だが、それだけではどうにもな

るまい」

「しかし……」

「察するに向島の隠居が相手だな。これに挑《いど》まぬことには何をやっても無駄じゃ」

「そうは思いますが、われわれ風情《ふぜい》ではなかなか」

「いや、そうでもあるまい」

「えっ、何と仰せられます？」

と、釜木は思わず川路の顔を見上げた。

「世の中は変ってゆくものじゃ」

「……」

「人の命も知れている。百歳まで生きる者はまずないでな」

「川路さまには向島の隠居が病気とでも仰せられますか？」

「いや、そうではない。もっと親玉のほうだ」

「え？」

「進一郎、大御所は重体じゃ。世間にはまだ洩れてはいないが」

「えっ、大御所さまが？」

大御所家斉が病気ということはうすうす洩れていないではなかったが、重体ということはひた隠しにされていたのだ。

「何となく世情が騒がしい故、大御所さまのご危篤も厳秘に付されてある。しかし、それももう時間の問題じゃ」

「……」

「分るか？　親玉が亡くなれば、向島の隠居といえども遠慮はないぞ。やれ。そなたの思うようにやるのだ。及ばずながら、この川路も出来るだけ後楯《うしろだて》になろう」

3

川路三左衛門が釜木進一郎に、

（大御所が目下重体である。これは世間にはまだ厳秘にされている。だが、親玉が亡くなれば、向島の隠居といえども遠慮しなくてもいいようになる）

と云ったのは、多少の註釈を要する。

家斉は必ずしも暗君ではなかった。むしろ、彼は徳川歴代の将軍の中では特色を持っていたほうだ。彼が将軍になったのは天明六年九月のことで、それ以来五十年も将軍職に在った。しかし、天保八年に子の家慶に職を譲っても、自分は西の丸に退いて大御所政治をおこなった。家慶は家斉が死ぬまで実権なき将軍であった。

家斉の初政は、松平定信という名老中があって彼を輔佐し、善政が行われた。定信が去っても、そのあと定信が推薦した老中が残っていて、それを保《も》たせていた。だが、家斉が中年になると、彼はみずからの泰平に酔い、歓楽に耽溺《たんでき》した。しかも、当時政権を担当していた水野忠成は手腕もない代り、もっぱら家斉に迎合し、阿諛《あゆ》した。この頃になると、曽《かつ》ての田沼時代以上の乱れた政治となり、栄達の途はもっぱら派閥につながるものか、賄賂によった。その賄賂が公然と横行したのも田沼の頃に劣らない。

家斉の贅沢と水野忠成の無方針によって財政は窮乏した。これを糊塗《こと》するのに幕府は通貨の改鋳に頼った。つまり、金の純度を落して貨幣をふやしたのである。そのためインフレ状態となった。

しかも、家斉は、そうした政治には一切無関心となり、大奥で女色に耽《ふけ》った。彼は四十人に近い側妾《そばめ》をもち、その女たちに五十余人の子女を生ませた。いくら将軍でも大勢の女《むすめ》を嫁《かた》づける先を見つけるのには骨が折れる。家斉は、こうした女《むすめ》をおのおの親藩、外様《とざま》、譜代の諸大名に半分押しつけた恰好で嫁づかせた。

徳川幕府の制度では、将軍家から女《むすめ》をもらった大名は松平の姓を名乗ることになっている。いうまでもなく、松平姓は徳川の発祥だから由緒が深いし、また貴重でもある。家斉の時代に急に松平姓の大名がふえたのは、こうした女《むすめ》の押売りからである。なかには、上からの縁談を断るのに逃げ回った大名すらあった。

家斉は、水野忠成の死後も、林肥後守、水野美濃守、美濃部筑前守などといった側近をとり立て、自分は一切政務からは遠ざかった。そのくせ本丸にいる将軍家慶に実権を譲ろうとはしない。

四十人の侍妾のなかで、晩年の家斉が最も寵愛していたのがお美代の方だ。お美代はもともと法華宗の末寺に生れた子であったが、当時小納戸役《こなんどやく》だった中野播磨守《はりまのかみ》に養女として引取られた。これは早くもお美代の美貌に中野が目をつけ、家斉の好色に供えようとしたからである。彼のもくろみは見事的中し、家斉はお美代を見ていっぺんに気に入り、すぐに侍妾とした。

お美代がいかに家斉の寵を得たかという例としては、彼女がその生家のゆえに法華宗の信者だったため、家斉がそれに従い、その結果、大奥の女中はもとより、諸大名すら続々と法華宗に転向する有様だった。大体、武家方の宗教は、昔から曹洞宗や臨済宗などの禅宗系が多い。法華宗は一向宗と共に主として庶民の宗教だったのだ。

家斉の頃には法華宗の寺院が栄えた。お美代自身は寺院に参拝ができないので、奥女中に代参させた。下総中山の法華寺智泉院には江戸より奥女中の輿《こし》がつづいた。雑司ヶ谷に二万八千余坪の地を将軍家からもらって、これに法華宗の感応寺を建てたのもお美代の方のねだりごとである。この造営のときは大変で、武士どもは大小を差しながら土運びをし、女どもは色とりどりの縮緬《ちりめん》着物に襷《たすき》をかけて働いたという。このとき本丸からも加賀家からも奥女中がやって来て、一日に何万人とも知れない人数になったという。ここも大奥女中の代参で賑わった。

その結果、寺内では大奥女中と僧侶との姦通が行われ、増長した女中は寄進の品と称して、大奥から長持に交替で入って感応寺に運びこませた。或るとき、その長持を検査したところ、なかから生如来《いきにょらい》が現れたが、有名な寺社奉行脇坂淡路守ですらこれをどうすることもできなかった。当時の法華宗は堕落の底にあった。

お美代の方の大奥における勢力は絶大で、彼女の一声があれば、すぐに家斉に取次がれて出世の糸口がつかめた。のちに天保改革で名をあげた老中水野越前守忠邦も、このお美代の方の口添えによって出世の手づるを得たのである。養父の中野播磨守の権力がお美代のおかげで強かったのも当然のことだ。彼は役を免じられてからも気儘《きまま》に向島の別荘から贅沢な屋形船で登城していたが、さながら家斉の顧問みたいな格になっていた。

だから、中野の向島の屋敷には、賄賂を運ぶ大名や、高級役人や、大身の旗本が引きも切らなかった。中野の屋敷の前から向島一帯は進物をつくる店舗がならんだくらいである。

こうした有様を本丸にいる将軍家慶がこころよく思うはずはなかった。彼は名のみの将軍だ。家斉や、その側近どもに頭を抑えられて歯ぎしりするばかりだった。それで、家慶方の女中はとかく家斉の側の女中に反撥をもっていた。要するに、いつか家斉が斃《たお》れたら家慶の報復は目に見えていたのである。のちの水野老中による天保改革は家慶が後楯となってやらせたものだが、これも家斉側近に対する復讐と見られなくはない。

そうした情勢のなかで、家斉は病篤《あつ》いという内緒話が、川路三左衛門から釜木進一郎にこっそりと耳打ちされたのである。

いまや、世の中には目に見えない転換が迫ってきている。

　川路と釜木の話合いは長くつづいたが、その中には重大な相談ごともあった。

　そのうちの一つが、伝馬町《てんまちょう》の牢につながれているお絹のことだった。

「この女は、人殺しの罪で牢に入っているのです。さきほどからお話しした川島正三郎という同心、この者が紺屋の吉次という若い岡っ引に検挙《あげ》させたのですが、もうすぐ処分が決まろうとしています。むろん、それで真実の下手人を闇の中にかくしてしまうためですが、いまのうちにお絹を救わないと、とりかえしのつかないことになります。なんとか、方法はございませんか？」

「それは難題だな」

　と、川路は顔をしかめた。

「係の奉行はだれだ？」

「北の遠山左衛門尉《さえもんのじよう》です」

「遠山か。あの男も世間で云うほどの人物ではない。やはり上のほうにへつらって、あの地位になれたやつだ。もっとも、遠山が直々《じきじき》にその女を調べたわけではないから、あまり責められもしないがな……そういうわけで、わしは遠山とは話ができない」

「何かいい方法はございませんか？」

「そうだな」

しばらく考えこんでいた川路は、

「少し奇抜なことを思いついた。ただ、これがうまく行くかどうかは向うの出よう一つだがな」

と、眼もとを笑わせた。

「先方とおっしゃると？」

「牢屋奉行の石出帯刀《たてわき》だ。石出ならかなり懇意にしている」

伝馬町の牢屋敷奉行は家康のころから代々石出帯刀の世襲となっていた。宏大な牢屋敷の隣には塀で仕切られた奉行の役宅（事務所）がある。

「わしが明日にでも話してみよう。たしか、石出も登城の日のはずだ」

「はあ」

「わしが下城してから話しにくるがいい。そうだ。八ツ半（午後三時）なら問題はない」

「ありがとう存じます」

と、釜木は礼を述べたが、どういう思惑が川路の胸に泛んだのかは分らなかった。川路も石出帯刀との話合いに成功しない限りは、それを口にしたくないようだった。

# 浦風参詣

## 1

翌日、釜木が約束どおり午後三時ごろに川路を訪ねて、どんな話を聞いたかは分らない。が、とにかく、川路の屋敷の門を出た釜木の顔は晴々としていた。彼は、その足で藤兵衛の家に向っている。

ここでまた、どのような打合せが出来たかは分らない。

その晩の五ツ（午後八時）ごろであった。

石出帯刀の役宅と牢屋敷の間は同じ区域内でありながら、塀で区切られている。この牢屋敷全体を囲んでいる塀は厳重なもので、周囲にはさらに濠《ほり》がめぐらされてあった。むろん、囚人の脱走に備えたものだ。だが、中の牢屋奉行役宅と牢屋との間の塀はそれほどのことはない。昼間は牢屋役人との連絡のために境にある木戸の門はあけられているが、刻限になると閉まって、番人が夜警をしている。

その八時ごろ、一挺の駕籠をつれた武士が門番の前に立った。

「牢屋奉行の内々の沙汰で、牢から女科人《とがにん》ひとりを召しつれることになった。門をあけてほしい」

門番には見馴れない若い顔だった。だが、出された門鑑も添書の手紙もまさしく石出の筆蹟であった。門番に否応《いやおう》があるはずはない。扉はあけられた。

「いずれ後刻ここに立戻る」

と、その武士は門番に云いおいて通過した。そのうしろの小者が駕籠脇に添って提灯を持っている。

若い武士は詰所に行くと、宿直《とのい》の同心に会った。ここでも石出の手紙がものを云った。

「御奉行は、さきに挙げられた深川の絹という者に少しものを訊きたいと仰せられる。ほんの四半刻（三十分）ほど身柄を奉行屋敷につれて参ります」

悪びれない態度だし、云うところも臆したところがない。自分は石出帯刀の側近くにいる者だといった。なんといっても、石出の直筆が同心を信用させた。

その同心は、こう思った。多分、奉行は、お絹という女科人の親戚か何かに伝手《つて》をもって頼まれ、その女をひと目、家族に面会させるつもりであろう。これは表向きには出来ないことだ。殊にお絹という女は人を殺した下手人として、早晩命はないはずである。いわば、今生《こんじょう》の別れに奉行の情けが働いたのである。昼間は奉行所からも役人が牢屋敷に来ていることだし、人目も多いので、いかに石出でもこんな便法は不可能だ。だが、夜だと、牢屋敷の主な役人や、奉行所から出張してきた同心も引きあげてしまう。宿直の牢役人は、この裏には奉行が依頼者からかなりな金品をもらっていると想像した。賄賂は公然と行われている世の中だったから、彼はそれをさほどふしぎには思わなかった。

女科人を受取りにきた男が待っていると、ほどなく牢屋の小者に支えられた女が別な下役に付添われてよろよろと歩いてきた。女は窶《やつ》れ果てている。

「この者がお絹というものです」

当直の同心が云った。

「左様か」

若い男はじっとお絹を見ていたが、それでは預る、と云った。つれてきた駕籠の小者がお絹を中に抱え入れた。

「念のため、こちらから一人つけますが、左様にご承知下さい」

と、当直の与力は、若い武士に云った。

「結構です」

若い武士は微笑してうなずいた。

一行はまた門のところに戻る。同心が駕籠のうしろから従っていたが、門番は、これは顔見知りの役人だし、もちろんのこと、駕籠の通過を見送った。

石出帯刀の屋敷内はこの木戸の門一つを境に、それこそ地獄と天国である。庭には植込みが多い。

大体、奉行の役宅は、牢屋敷約二千七百坪のうちおよそ四百坪ばかりを区切って建築されたもので、屋敷は総建坪七十坪ぐらいであった。平家建で、この中は、組同心申渡場所、賄役《まかないやく》調所、小使部屋、門番所、それに住居などから成っている。もちろん、石出帯刀の私宅は別な所にあった。夜は、その事務所のほうには当直の同心が居るだけである。

駕籠は、その住居の横まで来た。

「奉行殿は直々《じきじき》に絹を見たいと仰せられている。貴殿はしばらくここで待ってもらいたい」

若い武士に云われて、そこまでついて来た同心はうなずいた。一切、疑ってないのである。駕籠は、その若い男の指図ですたすたと住居の玄関のほうに回った。しかし、そこに入るのではなく、横から内庭に消えた。これも別段ふしぎではなく、科人の駕籠を正面玄関に据えるわけはなかった。それに夜間のことであった。

同心は、そこでしばらく待った。小半刻という約束だったが、その時刻が過ぎても駕籠が戻ってくる様子がなかった。多分、奉行の計らいで特別の情けから、絹という科人と縁者との面会が長引いているのであろうと想像した。

しかし、半刻（一時間）近くなっても戻ってこないとなると、同心もそろそろ心配になってきた。だが、下役の悲しさ、正面から奉行の役宅にものを訊く勇気はない。彼は、この役所の事務所に当直している小者に様子を訊きに行った。

「はてな？」

と、絵草紙を読んでいた小者が宿直部屋から首を出した。

「そういうことは聞いていませんが……」

「いや、御奉行の内々のお計らいだそうだが……」

牢屋の同心は云った。内々だと正式な通知はないと、こちらでは判断して云ったのだ。

「それにしても半刻近くもかかるというのはおかしいですな。第一、御奉行はとっくにお屋敷に帰られて役宅にはおられません」

牢屋からきた同心が不安になったのは、その一言を聞いてからである。

「ぜひ、様子を見てもらいたい。とにかく小半刻という約束だったから」

「その女科人をつれ出したという男を、あなたは顔をご存知ですか？」

「初めてだ。なんでも、御奉行が側近く使っておいでになるということだったが」

「左様な方は居られませんよ」

と、小者は断言した。

騒ぎになったのはそれからである。もちろん、駕籠は女科人と共に影も形も見えなくなっていた。すぐさま、この報告が奉行の私宅に急報された。一つは、例の手紙が奉行の出したものかどうかをたしかめるためだった。役人が見せられた筆蹟はたしかに奉行自身のものだった。かれは書類の上で奉行の筆蹟をよくおぼえている。

深夜に私宅で起された石出帯刀は使いの者に怒鳴った。

「わしがそんなものを書くはずはない。常識の上から考えてみろ」

使いの者は蒼くなって奉行の前に頭を下げた。

「いままで、そんな先例があったか。何をうろたえたのだ？」

石出帯刀は大声で叱った。

「しかし……たしかに御奉行さまの御筆蹟に間違いないと申しておりましたが」

「その手紙を残しているのか？」

「いえ、それはその男が見せただけで、渡さずに持ち去ったそうでございます」

「それみろ。そんなうかつなことだから、こんな大事をしでかすのだ。たしかにそれがわしの筆蹟だったと？　馬鹿者。わしの筆を真似ようとすれば、わけなく出来る。なぜ、そこまで疑ってみなかったのか。第一、いかにその手紙がわしの書いたものだと思いこんでも、一応、どうしてわしのもとに問い合わさなかったのだ。この不始末をわしは町奉行にどう詫びたらいいのだ。その女は死罪にもなる科人だったというではないか」

牢屋奉行石出帯刀は額に青筋を立てていた。

――その頃、藤兵衛の家の二階では、お絹がうれしさに袂を蔽い、嗚咽《おえつ》していた。

釜木がにこにこして藤兵衛に話している。

「川路さまから石出殿に話してもらったとはいえ、わたしもあの場では虎の尾を踏むような気持だったよ。いつ露顕《ばれ》るかと思ってな」

「いや、どうして、釜木さまの度胸は大したものでさあ」

と、駕籠かきに化けていた子分の幸太と亀吉が口を揃えて云った。

「わっちども内心びくびくものでしたが、釜木さまの様子ですっかり落ちつきました。親分、いまごろは牢屋敷じゃ大騒動ですぜ」

「前代未聞の出来ごとだからな」

「それも石出殿の好意がなかったら、とても出来ることではない。ついては、藤兵衛、このお絹をここに置くのはちと危ないな。了善に逃げられたことでもあるし……」

釜木がいった。

「へえ、わっちもそう思います。なにしろ、川島の旦那に睨まれていますんでね。今夜の騒動のことも、あの旦那ならこっちの側の細工だと感づいてるかも分りませんよ」

「おおきにそうだ。あの男は特別な鼻を持っている」

「そうするてえと、どこかいい場所はねえもんですかねえ」

「親分」と、亀吉が云った。「わっちのところにつれて行きましょう。今度は大丈夫、まかしておくんなさい。まさかわっちの家までは川島の旦那も気が回らねえでしょう。それに、嬶《かかあ》といったら、そのへんは上手にやる女ですから安心でさ」

「そうだ、おめえの女房はしっかりものだったな。じゃ、おめえのかみさんに預けよう」

「なに、うちの嬶は、たとえ役人に責められても口を割るような生やさしい女《あま》じゃございません。女利兵衛みてえなやつで……」

2

翌日の午後三時ごろ、藤兵衛のもとに、子分の亀吉が息せき切って走りこんできた。彼は、しきいをまたぐとお粂に水を頼んだ。

「どうした、亀。泡を食《くら》って駆けこみやがって。まさかお絹を奪《と》られたわけじゃねえだろうな？」

藤兵衛が出て云った。

「そんなことじゃねえ。……実は、円行寺に、たった今、大奥の浦風さまが参詣に見えたんで……」

「なに、浦風さまが？」

「わっちが円行寺の前の様子を見かたがた通っていると、門前に立派な女駕籠が降りているじゃありませんか。そこで傍に休んでいる六尺《かごかき》に訊いて分ったんですよ」

亀吉は報告した。

「そうか」

藤兵衛は、少し思案していたが、

「おめえ、そのとき、門前の茶屋に、片眼のおやじが居たかどうか気がつかなかったかえ？」

「いえ、そんな野郎はお眼にかかりませんでしたよ。その嬶《かかあ》らしいのが、ぼんやり坐っているのは見かけましたが……」

「おめえの眼に見えなくとも、あのおやじは店の奥にひそんでいるかもしれねえのだ。まあ、いい。お条、羽織を出してくれ」

「どこかに出かけるのかえ？」

「御用のことには口を出すな。……おっと、こいつは癖が出た。もう十手は取り上げられたのだな。大急ぎで釜木さまのところに行ってくる。やい、亀、いつまで水を飲んでいるのだ。大急ぎで辻駕籠を拾ってくるんだ」

「合点です」

亀吉は舞い上がるようにして出て行った。

駕籠がくると、

「亀、てめえもこの駕籠のうしろから走ってこい」

と藤兵衛は云いつけた。

幸いに、釜木は家に居た。藤兵衛が話すと、

「おおかた、今日が浦風のおやじだか、おふくろの祥月命日《しょうつき》かもしれないな」

釜木は云い、

「亀吉がそれを見てから、いま、どのくらい経った？」

ときいた。

「そうですね、下谷の円行寺の前から、わっちの家に駆けてきて、それから駕籠でこちらに伺ったのですから、もう一刻（二時間）近くは経ったでしょう」

「うむ、これから円行寺の前までが半刻か。運がよければ間に合うかもしれないな。よかろう。すぐに支度をする。亀吉は先に寺にやっておいてくれ」

亀吉は藤兵衛に云われて下谷に向って駆け出したが、その途中、辻駕籠を頼む用事もするはずだった。

釜木の外出の用意はすぐに出来た。亀吉が頼んだ辻駕籠も間に合い、藤兵衛は藤兵衛で待たせて置いた駕籠に乗った。

四谷塩町から下谷までは、いくら駕籠を急がせても、半刻近くはかかった。二人

は円行寺が見える手前で駕籠から降りた。

先に着いていた亀吉が、二人の姿を見て、角から大急ぎで来た。

「親分、いけねえ、間に合わなかった」

「浦風さまは、もうお発《た》ちかえ？」

「ほんの小半刻前だそうです。わっちも間に合いませんでした」

「やっぱり、そうか」

考えてみると、亀吉が報告してきてから三時間は経っている。いくら法要に来ても、浦風がそんなに長く居るはずもなかった。あたりもうす暗くなりかけている。大奥の女中の帰城門限は六ツ（午後六時）と決まっていた。

「惜しいことをした」

と、釜木も云った。

「ところが、旦那、浦風さまはお城にまっすぐにお帰りになったのじゃねえそうです」

亀吉が勢いこんで云った。

「なに」

「上野の池之端の近くに相模屋《さがみや》というお茶屋があるそうです。そこがいつもお憩《やす》みの場所になっていて、いまも相模屋に向われたそうですよ」

「亀、それは誰から聞いた？」

「浦風さまが寺に何か忘れものをなすって、それを取りに戻った中間《ちゅうげん》から聞きましたよ」

「よかった」

と、釜木進一郎が先ず云った。表情が前に戻っていた。

「藤兵衛、われわれも、その相模屋まで行ってみようじゃないか。この際だ、浦風の様子を見るまたとない機会《おり》だ」

「へえ、すぐに参りましょう」

「ちょっと待ってくれ。亀吉。おまえが寺の前をうろついているとき、門前の茶店のおやじはどうしていた？」

「わっちも、それを気をつけて見ましたが、片眼のおやじの姿はありませんでしたよ」

「すると、今日は店に出てきてないのかな」

釜木は呟いたが、とにかく池之端の相模屋に急いで行くことにし、彼と藤兵衛とは待たせてあった駕籠に乗った。亀吉はうしろから走った。

その相模屋と思われる粋な塀が、暗い中で見えてきたところで駕籠をとめさせた。

亀吉が逸早《いちはや》く門の前の様子を見て、藤兵衛の立っているところに戻った。

「親分、この家が相模屋に間違いありません。看板が出ています」

「浦風さまは、まだ内に居そうか？」

「門の中に立派な駕籠が据えてあって、小者や駕籠かきが休んでいましたから、いま、中に入っていなさると思います」

藤兵衛はうなずいて、釜木にふり向いた。

「釜木さま、これからどうしたものでしょうか？」

「そうだな、この中に紛れこんで様子を見るのも一つの方法だが……」

釜木にも差当っていい方法はないようであった。思案していると、ずっと向うから提灯が一つ現れてきた。このへんは夜に入ると通行もあまりない。釜木に予感が閃《ひらめ》いた。

「藤兵衛、身を隠していろ」

三人は暗い中に身をひそめた。

提灯の灯は近づいてくる。かなり急いでいるようだった。隠れた三人の眼は、提灯の光に浮き出されてくる人間を待った。

近づくにつれ、その顔が見えてきた。同時に三人の口から低いおどろきの声が洩れた。提灯を持っているのは茶店の片眼のおやじである。かれは着物もこざっぱりとしたものに着替えていた。

提灯に案内されているのは、やや背の高い女で、お高祖頭巾《こそずきん》に顔を隠していた。両袖を前に合わせ、うつむきかげんに歩いている。着物の柄が派手なのは、若い女かもしれない。

釜木はじっとその女の歩く姿を見ていたが、

「藤兵衛、おまえと亀吉とは片眼のおやじを取押えろ。おれは女のほうに少しものを訊く」

と、ささやいた。藤兵衛がうなずいた。

釜木がそこから出ると、藤兵衛と亀吉もつづいた。

「おい、おやじさん」

と、藤兵衛が提灯を持った男に声をかけた。

茶店のおやじも、うしろの女もぎょっとして立停まった。

「おめえは何者だ？」

と、片眼のおやじは気丈な声を出した。

「おれだ、おれだ。いつか、おめえの店で厄介になったことがあったな」

藤兵衛は提灯の光の中に自分の顔を突き出した。

「や、おめえはあのときの岡っ引だな？」

「やっぱりおれの顔をおぼえていたか」

「何を云やァがる。おめえはいま岡っ引じゃねえ。十手捕縄は取上げられたはずだ」

「そこまでおめえが知ってるとは、だれから聞いたのだ？」

「………」

片眼のおやじがぐっと返事に詰っていると、今度は釜木が女の前に一歩出た。

「卒爾《そつじ》ながら、お手前の顔をよく見たい。その頭巾を取ってもらえぬか」

女は鋭い眼つきで釜木を睨んだ。

「顔をよく見たいのだ。さあ、取ってくれ」

「何をぬかしゃァがる」

と、片眼のおやじが提灯を捨てて、釜木の胸倉《むなぐら》を摑んできた。それを、藤兵衛と亀吉とが、両方から押えた。

女は逃げようとした。釜木がその手をつかんで引き戻した。女らしい柔らかい手だったが、釜木がお高祖頭巾を力ずくでひき剝《は》ぐと、黒い髪毛の代りに、青い坊主頭が現れた。

「やあ」

と、片眼のおやじを取押えている藤兵衛がそれを見て眼をむいた。

「わりゃア、円行寺の納所坊主だな！」

# 二階の俳人

## 1

「……話は、それだけです。あとは、大体、お察しがつくでしょう」

と、竹亭と名乗る老俳人は冷えた茶をすすった。七十近いが、がっしりとした体格をしている。むろん、髪も眉も真白だった。

聞いているのは香木という俳人だが、これはまだ四十に手が届かなかった。場所は深川の堀が見える小料理屋の二階だった。すぐそこの廂《ひさし》の下から、木場の若い者の威勢のいい声があがって来ている。秋の終りのおだやかな日だから、その騒ぎ声も静かな空気にひんやりとしていた。

香木は、この辺の俳諧の師匠である。もとは旗本の三男ということだが、二十代に刀を捨て、好きな道に入っている。もっとも、その裏には好きな女がいて、そのためだと説明する人もあった。現に、それかどうか、この師匠の家には、前はそれいしゃらしい粋をどこかに残している女房がいた。運座（句会）にくるのは、商家の旦那や隠居が多かったが、この竹亭は少し変った経歴を持っていた。前は藤兵衛といって、名の知れた岡っ引だったという。俳諧の師匠がいつかは聞きたいという話を、今日は運座が済んで、みんなの帰ったあと、やっと竹亭の重い口から話させたのである。

「どうも聞いてもよく分りませんな。大ぶんいいところで話を打切られたのは困りましたな」

香木師匠は静かに笑って抗議した。

「いや、これ以上お話ししてもつまりませんよ。わたしは話下手なので、いろいろ合点のいかなかったこともあると思います。それにお答えしようじゃありませんか」

もと藤兵衛といった岡っ引は、焦《じ》らすような眼を年下の師匠に向けた。

「円行寺の了善という納所坊主が、浦風という大奥女中と通じていたのは意外でしたな」

それに竹亭は答えた。

「そうです。わたしも、その浦風が憩《やす》んでいる茶屋の前でお高祖頭巾の頭を剝《む》いたときはびっくりしましたよ」

「浦風というのは、そんなに淫奔な女でしたか？」

「淫奔です。この女は、もうお察しでしょうが、屋根師の惣六をこっそり可愛がっていたのです。この女は、もうお察しでしょうが、屋根師の惣六をこっそり可愛がっていたのです。大奥の長局《ながつぼね》は男が禁制でしてね、それこそ男というのはわたしみたいな年寄りしか役人に置いてないのです。ですから、外から入ってくる大工や屋根師の、ちょっと生《なま》っ白《ちろ》い、若い男に眼をひかれるのですな。その少し前は御殿女中は役者買いをしていましたが、噂に高い絵島生島のことがあってから芝居小屋の出入りがさし止めになりましてね。それからは、御殿女中が代参にこと寄せて寺の坊主と通じるようになりました。まあ、そんなわけで、浦風は惣六も可愛がるし、自分の菩提寺の円行寺に行っては、そこの了善とも出来合ったというわけです」

「了善はともかく、屋根師の惣六では長局で人目があるでしょう。屋根師の頭《かしら》もいるし、仲間もいることでしょうから」

「そこは親方も見て見ぬ振りをしていたんですね。大奥の女中に受けがよければ、自然と仕事もつづけてもらえるというわけですから。浦風というのは、前にもお話ししましたように、権勢ならびないお美代の方のお気に入りですから、それは威張ったものです。昼間でも惣六は屋根から降ろされて、ほかの女中の眼をかくれて浦風の部屋にこっそり入り、とんだ瓦をふいていたわけです」

「それで、惣六は例の立派な女持ち煙管を浦風からもらったんですね？」

「屋根師の仕事はいつまでもはありません。次の修繕までひと休みです。いくら浦風でも仕事のない惣六を外から呼ぶわけにはいかない。しばしの別れだというので、その前にかたみとしてあの煙管を惣六にやったのです。それが惣六にとんだ身の災いになったわけですな」

「その煙管は、お美代の方に近づくために、駒木根大内記さまが賄賂として浦風に贈ったのでしょう？」

「そうなんです。お美代の方お気に入りの浦風に贈った品が惣六に渡ったわけですな。その煙管は、駒木根大内記さまの用人伊東伝蔵が特別に作らせたのですが、それには特別誂えの入れものが要るわけです。わたしどもが、その煙管入れから手繰《たぐ》って行って伊東伝蔵に迫ろうとした間際に、伊東は主家に災いが及ぶのを怖れて腹を切ったわけです。何しろ、その煙管では屋根師の惣六が殺されるし、惣六を乗せていた船頭の仙造も側杖を喰うし、娘義太夫のお春も殺されていますからね。あとでは出雲屋のお島も非業な最期を遂げている。罪は大きいわけです」

「惣六を殺したのはだれですか？」

「これがまた妙なんです。いまもお話ししたように、浦風は可愛い男の惣六に煙管をやった。惣六のやつ、うれしくてならないから、それを自分に惚れている娘義太夫のお春に見せびらかし、これは大奥女中の浦風から貰ったのだと自慢したのです。ところがお春も同じような煙管を持っていたのですね。で、お春はそれを惣六に見せる。惣六がびっくりしてお春にきくが、お春は笑って答えない。とにかく、そんな様子を親方が知って、困ったことだと思い、つい、次の普請のときに内緒で浦風に会い、惣六はもう近づけないほうがいい、と忠告したわけですな。親方にすればただの忠告ですが、さあ、浦風にとっては大変なことです。もし、その煙管のことから惣六との仲が分れば、自分の身も危なくなるし、また、惣六には好きな女がほかにいると知って嫉妬《やきもち》も起ったわけです。結局は惣六から煙管を取返せばいいというわけで、円行寺の納所坊主の了善に打明けたんです」

「了善が下手人ですか？」

「あいつは力もあるし、肝も太い。納所坊主にするには惜しい男でしたよ。こいつがまた浦風の可愛がっている男に嫉妬を燃やしたわけですね。それで、二、三日、寺を出て惣六を尾《つ》けまわしていたわけです。住職はもう了善と浦風の間を知っているから、彼が寺を留守にしても暗黙のうちに許していたわけですな。何しろ、あの寺は浦風が大枚な寄付をするので息をついていたわけです」

「しかし、さすがに浦風も寺では了善と悪事は出来なかったわけですね？」

「円行寺は狭いので智泉院や感応寺みたいなわけにはいきません。浦風が円行寺のお詣りを済まして出合茶屋で待合わせていたんです」

「了善が惣六殺しの下手人とはおどろきましたね」

「それもあいつを捕えてから白状させたことです。それまでは、わたしも全く想像もしませんでしたよ。了善の云うことによれば、あいつはもと浦安の生れで、水にくぐるのは得手だったそうです。そんな河童《かっぱ》みたいな野郎に見込まれては惣六もひとたまりもありません。あの夜釣りの晩、了善は近くに舫《もや》っている小舟を盗み出し、惣六の乗っている舟に飛び移り、惣六を殺してしまったんですね。力が強いので、私は、はじめ武士の仕わざかと思ったくらいです。ついでに竦《すく》んでいる船頭もいっしょに殺《や》ったんだそうです」

「では、娘義太夫のお春はだれが殺したんですか？　まさか了善ではないでしょう？」

「こっちのほうも了善が浦風に頼まれて殺すつもりだったところ、伊東伝蔵に先に殺されたんですね。伊東は、もうご想像されてるでしょうが、主人のために女物の豪儀な煙管を注文したものの、あまりの美事さに自分の金を出してもう一本似たようなものを作らせたんです。見かけだけで、こっちは安ものでした。それを惚れているお春に与えた。お春は惣六から同じものを見せられ、浦風との仲も惣六から惚《のろ》気《け》まじりに聞かされている。それを伊東に云ったものだから、伊東も心配しました。その矢先に惣六が殺されたので伊東は怖気《おじけ》づき、お春に、あの煙管を返してくれと云った。もちろん、お春はせせら笑ってそれを返さないだけでなく、金にするため、伊東をゆすったのですね。お春は悪い女です。それで、伊東が思い余ってお春を殺し、自分は刃を当てて果てたわけです」

「だんだん分ってきました。ただ、菓子屋の出雲屋の娘は、どうしてあんなむごたらしい首無し死体となって隈田川に浮んだのですか？　お島が実家から円行寺に誘《かど》拐《わか》されて来たところまでは分りましたが」

「お島は浦風の部屋子です。ですから、惣六のことも、煙管の一件も知っていたわけです。ただ、主人に忠義な女で、固く口をつぐんでいたんですね。けれども、さすがに怖ろしくなって、浦風に暇をくれるよう頼んでいたんです。部屋子というのは別に年季はありません。自分でやめたいと思えば、いつでも暇がもらえるのです。

そのへんは正式《まとも》な奥女中とは違います。それはともかく、浦風にしてみれば、何といいますか、疑心暗鬼、お島が暇をくれというのは、きっと、この悪事を世間に洩らすためだろう、生かしてはおけぬと、こういうことになったんですね。そして、お島が少しの間、里帰りしていたのを、さきほどからお話ししたような計略で円行寺に誘拐《かどわか》したわけです」

「それからどうなりました？」

「ところが、すぐそのあと、釜木進一郎さんが寺に乗りこんだものだから、了善は、お島の死体を向島に運んだのです」

「死体？　お島は寺で殺されていたんですか？」

「惜しいことに、釜木さんが乗りこむ二刻前に了善に頸を絞められたんです。お島はほんとに可哀想な女でした。もう少し早く行けば、お島の命も取止めたし、事件は早く落着したかも分りません」

「了善がお島の死体を移した向島というのは、中野碩翁の屋敷ですか？」

「そうです。お島を殺すのは、もうすでに浦風との間に了解がついていたんですね。浦風は、その死体の処置をお美代の方に相談し、養父の碩翁の屋敷で始末をしてもらうよう打合せが出来ていたんです。何しろ、お美代の方にしても気に入りの中﨟がそんな不始末をしたのですから、本来ならきびしく戒めて自首させるところでしょうが、そこは自分の使っている中﨟ではあるし、やはり自分にも瑕《きず》がつくわけです。また、事件が表沙汰になれば、長局のふしだらが世間にぱっとひろがるわけですからね。お美代の方も仕方がなかったのでしょう。そこで了善は、お島の死体を手筈によって碩翁のところから寄こした駕籠に乗せて運び、そして、身元が分らないように首無しにして隈田川に流したというわけです。向島から死体を舟に乗せて、川の真ん中に行って棄てれば、恰度《ちょうど》お島の流れ着いたあたりで発見されます」

「浦風が親元の出雲屋に、お島はたしかにお城へ帰っていると云ったのは、それを誤魔化すためだったんですね？」

「そうです。この事件では悪人ばかりがずらりと揃っています」

ここで藤兵衛の竹亭は、もう一度茶で咽喉《のど》を潤《うるお》した。

2

俳句の師匠の香木は、藤兵衛の口もとを見つめて話のあとを促した。

「あなたは、この一件で大ぶん八丁堀の同心川島正三郎に邪魔されたようですが……」

「そうなんです」

と、老人は大きくうなずいた。

「何しろ、うしろに権勢ならびなき中野碩翁が控えているのですからかないません。碩翁は、こんなことでお美代の方がしくじらないように、奉行所の探索方にも手を緩めるよう奉行に威圧をかけたのですね。奉行所が悪い奴とぐるでは、どんなに腕利きの岡っ引でも蟷螂の斧です。まさか奉行が表に出るわけにはいかないから、川島の旦那が悉《ことごと》くわたしを邪魔したわけですね。ですから、川島の旦那は、まだ経験の浅い紺屋の二代目をいいように操っていたわけです。紺屋にお絹を下手人のように仕立てて挙げさせ、一切の罪をお絹に被《き》せ、死罪にして誤魔化すつもりだったのです。わたしは、そうなるお絹が可哀そうで、なんとか助けようとじたばたしたのですが、これがかえって川島の旦那の癇《かん》にさわり、一時は十手捕縄まで召上げられましたよ」

「あなたに力を合わせた釜木さんが居なかったら、どうなったか分りませんね」

「全くです。釜木さんが働いてくれたからよかったのです。それも運がいいというのか、恰度、大御所さま（家斉）が亡くなられることが予測されていたので、佐渡から帰られた川路三左衛門さまが乗り出して下さったのですね。もし、大御所さまがお元気なら、いくら川路さまでも手も足も出なかったでしょう。大御所さまが亡くなって公方《くぼう》さまの代になることが予測されたから、中野碩翁も自分の威勢の凋《ちょう》落《らく》を覚《さと》ったわけですね。あとはあなたのほうがよくご存じのように、水野越前守さまが大御所さまの亡くなられたあと、お気に入りの御側用人を追っ払われる。長局からはお美代の方などを追い出してしまわれる。次々とお布令が改められるという具合に、あの天保の世変りとなったのです……そんなわけで、時世の変ったのが何よりも、このむずかしい一件を解決してくれたのです」

「なるほどねえ」

と、若い香木師匠は、いかにも侍の血が通っている人間のように会心の笑《え》みを洩らした。

「それから了善はどうやって逃げたのですか？」

「あれは全くこっちのしくじりでした。見張っているのは素人も同然でしたから。了善が逃げ、円行寺には帰っていると分っていながらこっちで手が出せなかったのは、そんな坊主をつかまえて突出しても、どうせ奉行所のほうでいい加減にあしらうことが決まっていますからね。それに、奉行所に憎まれてるわたしが、十手捕縄もないのに人を縛って押込めたとあれば、かえってこちらが科《とが》を受けますから」

「そうでしたか。さて、お話は出合茶屋の前で女に化けた了善を取押えたところまででしたが、それからどうなりました？」

「了善は、今度こそとり逃さないように釜木さんがお屋敷に連れ帰って折檻《せっかん》しました。なるべく手荒なことはしないつもりでしたが、もう、こうなると、了善の白状を待つほかはありません。何しろ、旗本屋敷ですから、了善がいくら声を出しても追っつかない。とうとう、気丈な了善でしたが、一切の泥を吐きましたよ」

「そこで、了善を奉行所に突き出したわけですか？」

「なかなか、そうは参りません。悪人を裁く奉行所が悪人の味方ですから、たとえ了善を突き出しても、どう始末されるか分りません。かえってこちらのほうが危なくなります」

「では、どこに突き出したのですか？」

「お気づきになりませんか？」

「ああ、分りました。川路さんのお屋敷ですな？」

「お察しの通りです。川路さまは小普請奉行ですが、恰度、了善が寺社のかかりになるのを幸い、寺社奉行に引渡したのです。大御所さまが亡くなられたあとは、もう始末がしやすかったですな」

「時世の変ったのが、そのむずかしい一件を解決したようなものですねえ」

「そうです、そうです。とてもわたしたちだけの力では及びませんよ」

「川島正三郎という同心はどうなりました？」

「あのあとすぐに御役御免となりましてね、とうとう、上州だかどっかの在に引込んだということをあとで聞きました。奉行所のほうで碩翁の威光を聞かずにいたら、川島の旦那も無事に済んだでしょうが、考えてみると、可哀想な人でした」

「最後に訊きますが、円行寺の前の、茶店の片眼の亭主というのは、はじめから一味でしたか？」

「あれは了善が手なずけたのです。あの片眼は、もともとまっとうな人間ではなく、手慰みはするし、あれで岡場所にも通うという奴です。了善も自分だけでは心配ですから、寺の周りにうろつく男を、あの亭主に見張らせ、様子を報らさせていたんですね」

「無実の罪のお絹はどうなりました？」

「危ないところで助かりました。あれで、もう一月《ひとつき》も遅れていたら、可哀想に死罪になっていたかも分りませんね。まあ、いろいろなことから見て、解決だけはめでたしめでたしとなりました」

　いつの間にか空が紅くなっていた。

「おや、わたしのつまらない話でずいぶん時刻《とき》がすぎましたね。では、師匠、この次の運座でまたお目にかかります」

　竹亭老人は莨入《たばこい》れを仕舞った。

　俳句の師匠は、その筒に入れる煙管で、もう一度いまの話を思い出した。

# 解説

山前《やままえ》　譲《ゆずる》
（推理小説研究家）

選挙資金の持ち逃げが思いもよらぬ展開を見せる『告訴せず』を皮切りにこれまで多くの作品を積み重ね、その多彩な作品世界を俯瞰《ふかん》してきたのが光文社文庫の〈松本清張プレミアム・ミステリー〉である。今回そこに新たにラインナップされた本書『鬼火の町』は、ちょっと違った趣のミステリーとして大いに興味をそそるのではないだろうか。天保年間の江戸を舞台に数奇な事件が相次ぎ、そして現代に相通じるまさに社会派の謎解きが展開されているからだ。

『鬼火の町』は一九六五年八月から一九六六年十二月まで月刊誌「潮」に連載された（一九六六・八は休載）。連載開始にあたって、以下のような「作者のことば」が掲載されている（「潮」一九六五・七）。

今度の小説は、材を主に江戸の市井生活にとりたい。下手な前置きはやめるが、とにかく面白いものを書きたい。小説は、やはり面白くなくてはいけない。サマセット・モームは「批評家は、とかく、作家の抱負だとか、思想だとか、試みだとかを言いたがるが、その小説の面白味について言及しないのは残念である」と云っている。小説の面白さ——その正しい中核に迫ってゆきたい。

ここからは作者の小説観は窺えるものの、作品の構想がまだ定まっていなかったように思える。しかし、連載が開始されると、松本作品ならではの謎解きの魅力で読者を魅了していく、まさに面白い展開を見せているのだ。

天保十一年五月六日の朝早く、厚い霧が白く張っている隅田川に、亡霊のように小舟が漂っていた。船宿が釣り客のために出す猪牙《ちょき》といわれる舟だが、その中に人影はない。けれどたった今まで、船頭や客がそこにいたかのようだった。争った様子もないのである。そしてその日の午すぎ、両国橋の百本杭にふたりの男の死体が流れ着くのだ。小舟に乗っていた船頭の仙造と客の惣六という職人だった。

この事件現場にいち早く駆け付けたのが、駒形に住む御用聞きの藤兵衛である。ふたりとも脾腹に当身を喰らっていた。柔《やわら》の術を心得た者が襲ったのではないか？　そう疑問を抱いた藤兵衛は、浦安の川もぐりの上手な漁師に、舟が漂っていたあたりの川底を捜索させるのだ。

すると銀造りの立派な煙管が見付かった。その出所を調べはじめた藤兵衛は、旗本で御具足御用掛の駒木根大内記がそれを注文したと突き止める。そして小普請組の釜木進一郎が心当たりがあると訪ねてくる。そこになぜか八丁堀の同心の川島正三郎が、この一件から手を引いてくれと言ってきた。表向きは了解したが、なにか巨大な壁を感じ、幸太らの手下を使って藤兵衛は密かに探索をつづけるのだった。そして釜木進一郎もまた疑念を抱いてその探索をサポートするのだが……。

「水」のつながりから、アムステルダムの運河に浮かぶトランクからバラバラ死体が見つかった〈松本清張プレミアム・ミステリー〉の『アムステルダム運河殺人事件』を連想したりもする。だが、その事件が起こったのは『鬼火の町』の連載開始後の一九六五年八月のことなので、構想の段階では直接的な関係はないだろう。

ただ、この長編ではさらに首なしの水死人が川で発見されたりしているから、連載中にそのセンセーショナルな事件を意識したのかもしれない。あるいは、切断された頭部が「獄門船」と書かれた船に載せられ、川を流れているところを発見された江戸川乱歩『魔術師』を潜在的に意識したのかもしれない。

最初の著書が『戦国権謀』と題された短編集だったように、松本清張は当初、歴史小説や時代小説の作家として注目を集めた。それが、一九五七年に短編集『顔』で日本探偵作家クラブ賞を受賞し、一九五八年に刊行された『点と線』と『眼の壁』がベストセラーとなって、ミステリー界に新風をもたらすのだ。その後、まさに流行作家として、新聞や週刊誌、あるいは月刊誌と作品を精力的に連載するようになった。

一九六〇年代、十作を超える作品を並行して連載するのが珍しくなかった。その多くは現代社会の暗部に迫ったミステリーであり、さらには女性心理の機微を捉えた恋愛小説などもあったが、なかには、『かげろう絵図』（一九五八〜五九）、『火の縄』（一九五九）、『異変街道』（一九六〇〜六一）、『天保図録』（一九六二〜六四）、『大岡政談』（一九六三〜六四 『乱灯 江戸影絵』と改題）、『江戸秘紋』（一九六四〜六五 『逃亡』と改題）といった、長編時代小説の連載もある。

そうした創作活動の流れのなかで、時代小説にミステリーとしての趣向を織り込んでいくのも当然だったろう。たとえば『異変街道』では、甲府勤番の悲哀に武田信玄の隠し金山を絡めて、ダイナミックなミステリーが展開されていた。

そして一九六五年には、天明、弘化、嘉永、文久といった時代を背景にして、江戸切絵図のような色鮮やかな世相にさまざまな事件が起こる、時代ミステリーの短編集『彩色江戸切絵図』を刊行している。また一九六八年刊の、江戸の町々の風物がたっぷりと描かれている『紅刷り江戸噂』でも、短編というスタイルでミステリーと時代小説を融合させていた。

その二作とほぼ同時期に発表された『鬼火の町』は、よりミステリアスな展開を見せている。息子の家慶《いえよし》に将軍職を譲りながらも大御所として幕政の実権を握っていた徳川家斉《とくがわいえなり》を巡る人間関係や、その家斉の寵愛をうけているお美代の方の養父である中野碩翁の陰の権力者ぶりが、藤兵衛らの探索のなかで浮き彫りにされていく。そして新たに起こった陰惨な事件が謎解きをますます複雑なものにしていくのだ。

『鬼火の町』の連載中も松本清張はじつに精力的な創作活動を見せていた。連載期間が重なっている作品を挙げてみると、『風炎』(『殺人行おくのほそ道』と改題)、『地の骨』、『私説・日本合戦譚』、『花氷』、『風圧』(『雑草群落』と改題)、『小説東京大学』(『小説東京帝国大学』と改題)、『砂漠の塩』、『中央流沙』、『Dの複合』、『狩猟』、『葦の浮船』、『棲息分布』、『二重葉脈』、『火の虚舟』といったものがある。

このなかの何作かは〈松本清張プレミアム・ミステリー〉としても刊行されているから分かるだろうが、タイトルからだけでもヴァラエティに富んでいるのは明らかだ。さらにノンフィクションの代表作と言える『昭和史発掘』や『古代史疑』も連載していた。
『鬼火の町』は一九八四年十月に文藝春秋より刊行され、一九八七年十月に文春文庫としても刊行されている。単行本化に際しては章題を「容疑者」から「屋形船」としたりと連載時からの細かな修正があるが、もっとも大きな違いは最初にある。第一回の書き出しはこうだった。

天保八年五月六日の朝のことである。

それが刊行時には三年後、天保十一年の事件にあらためられたのだ。天保年間は西暦でいえば一八三一年から四五年になる。明治維新の二、三十年前だ。天保八年は大塩平八郎《おおしおへいはちろう》の乱があり、アメリカ合衆国の商船を日本側が砲撃したモリソン号事件が起こっている。それに関連して天保十年には、高野長英《たかのちようえい》や渡辺崋山《わたなべかざん》らが咎められた「蛮社の獄」が起こった。
そうした激動の時代は小説の背景として魅力的だったろう。一方、天保十一年というと天保の改革の直前だが、そこに時代を移したのは、後半、川路三左衛門聖謨《としあきら》という人物が謎解きに大きく関わっていく展開になったからだろう。川路は地位の低い御家人出身ながら、旗本となりさまざまな要職を歴任した人物である。釜木が頼りにして、終盤、謎解きに関わっていくのだが、作中で〝川路は佐渡奉行として一年の任期が終り、新たに小普請奉行に任命され、江戸の屋敷に帰ったばかりであった〟と紹介されている。

歴史的な事実としてはそれは天保十二年のことなのだが、権力と策謀と欲望が複雑に絡み合った事件の解決のためには、川路のような幕府の内情に詳しく、かつ頭脳明晰な人物のバックアップが必要だった。賄賂が横行している『鬼火の町』での謎解きはけっして過去のものではない。そこには現代社会とオーバーラップさせていく松本作品らしい趣向があると言えるだろう。

二〇〇三年十一月　文春文庫刊

光文社文庫

長編時代推理

鬼《おに》火《び》の町《まち》　松本清張《まつもとせいちょう》プレミアム・ミステリー

著者　松《まつ》本《もと》清《せい》張《ちよう》

2021年12月20日　初版1刷発行

発行者　鈴木広和
印刷　堀内印刷
製本　榎本製本

発行所　株式会社　光文社
〒112-8011　東京都文京区音羽1-16-6
電話（03）5395-8149　編集部
8116　書籍販売部
8125　業務部


ISBN978-4-334-79287-9　Printed in Japan



組版　萩原印刷